光文社文庫

光まで5分

桜木紫乃

光 文 社

目次

光まで5分

1

台風が三つ、沖縄本島を逸《そ》れた。

逸れた雲の渦は太平洋上を北へと向かい、立て続けに北海道の東側を荒らしている。耳に入ってくるニュースで、ツキヨが生まれ育った街を懐かしんだり心近く感じることはない。あの街で母親がいまどうしているのかも、捨てて二十年のあいだ考えたことがなかった。

台風は逸れたけど――

昨日からうずき始めた下の奥歯が歯茎から浮いている。頬が熱くて、化膿《かのう》でもしているのか水を飲もうとすると口の中がひどく臭かった。起き抜けの空《す》きっ腹に痛み止めを流し込むと、今度は数分後に胃の痛みが始まる。今日もろくな一日じゃないと諦《あきら》めて、起き上がった。

昼どきの「竜宮城《りゆうぐうじよう》」は静かだ。明け方まで続いた小路《こうじ》の喧噪《けんそう》は、最後の客と一緒に通りから去って行った。

階段をきしませて足音が近づいてきた。ベニヤ板のドアにはめ込んだ曇りガラスの枠に人影が止まる。軽いノックのあと、ママが現れた。また化粧を落とすのを面倒がって横になったらしい。枕に擦《こす》れた右頬がまだらの泥色だ。丸顔のママの唇はいつも土気色《つちけいろ》だから、赤い口紅も色を出すのにひと苦労だ。

「ツキヨ、ちょっと頼む」

右手を伸ばして布団脇に置いてあった目覚まし時計を引き寄せた。このまま黙っていても痛む歯と付き合うだけだし、と首を縦に振った。保険証のない身では、医者に行くにも実費だ。行けば数日の稼ぎがいっぺんに消える。

ママが去ってすぐにお客がやって来た。色黒のずんぐりとした五十男だが、それほど難しそうには見えない。シーツを直しているあいだに、着ているものを脱いでもらう。

「ツキヨちゃんって、いうのか」

「うん、月夜に生まれたからツキヨ」

「歳《とし》は？」

「二十五」

「ママと同い歳かい」

男は豪快に笑いながらへその下あたりをぎゅっと握った。

「明け方に若い女とやりそびれて、こいつが黙らなくて」

「どこの若い女？」

「東京から来た観光客」

「ただでやろうとするからだよ」

奥歯が痛いから口は勘弁してもらっていいか問うと、男はあっさりと応じた。寝そべった体からにおう饐《す》えた体臭が鼻を突く。黙らないという茎をウェットティッシュで拭《ぬぐ》ったあと、手の中でもう少し育てた。膨張してゆくものにも、太股《ふともも》の先へと伸びてくる男の手にも遠慮がなかった。

ツキヨがしっかり十五分の仕事を終えたあと、立ち上がった男が歯の痛みはどうだと訊《たず》ねた。

「訊《き》かれると痛かったこと思い出しちゃうね。痛いんだか熱いんだかわかんないな。この歯も抜きそびれたままこんなになっちゃった」

「さっさと抜いちゃいなよ」

「金も保険証もないの。誰か貸してくれないかな」

ドアノブにかけた手を止めて、男が「あるある」とつぶやいた。

金か、保険証か——ツキヨは期待せずに次の言葉を待った。

「国際《こくさい》通りから小路に入って、少し奥だ」

「お金貸してくれるひと？」

「違う違う」

男は笑いながら首を振った。聞けば、そこにはブラック・ジャックがいるという。

「かえって高くつくじゃない、それ」

「言い方が悪かったな。まぁ、ただの闇医者。腕は悪くないらしい」

「そこのブラック・ジャックは、歯まで診《み》てくれるわけ？」

粘膜に触れたあとの男女には、遠くなるところと近くなるところがある。それが何によるのかツキヨにはわからないが、こんな会話をすると客との距離を実感するのだ。金が介在したあとは、女のほうが少しだけ優位になる。

「歯の一本くらいすぐになんとかしてくれるって話だ」

男はそう言って部屋を出て行った。ひとり残った部屋で、ひと働きした体をウェットティッシュで拭きながら「ブラック・ジャックねえ」とつぶやいた。国際通りから入った小路なら、掃いて捨てるほどある。観光客の行くところ、行かないところ、通り過ぎるところ。そして、得体の知れない人間が集まっては散ってゆく掃きだめ。

ツキヨが住み込みで働いているのは、噂を聞きつけた者だけが潜《もぐ》り込める「竜宮城」だ。観光マップには載っていないけれど、客は次々に玉手箱を求めてやってくる。

半年も暮らすと、もともと自分が観光客だったことを忘れてしまうような、嘘が心地よい路地裏だった。

ツキヨは階下に降りた。腹にバスタオルを巻いて寝転がっているママの、枕代わりのクッションをつま先でつつく。こんな起こされ方には慣れっこの彼女は片目を開けて「おつかれ」と言った。

「奥歯が痛いの。なんとかしてよ」

「いちばん目のとうちゃんは、ペンチで抜いてたよ」

「あたしはとうちゃんじゃないよ」

ママはゆるゆると起き上がり、首を回したり揉《も》んだりし始めた。そんなにひどいのかと問うので、三日三晩腎張《じんば》りに責められたときのアソコくらい痛いと返した。

「そんなんに遭ったら、気絶しちゃうね。はやく歯医者に行っといで」

お見舞いちょうだい、と言ってみた。ママは昼寝に使う座布団の下から蛇模様の札入れを取り出し、こちらに背を向けた。

「はいよ」

ママの指先でひらひらしている五千円札を受け取って振ってみたが、一枚が二枚にはならない。「これは上がり。見舞いもちょうだい」と言うとママは仕方なさそうにもう三千円をつまんで差し出す。ママにさっきの客の儲《もう》けを吐き出させたところで、ツキヨは満足する。

雲が出てきたらしい。薄暗い部屋が更に暗くなった。ママに国際通りから枝葉に延びる小路のことを訊ねてみる。つまらない噂も行き詰まった女の話も、布団代わりにしてきた男の話もみんな、ここ生まれのママには当たり前のできごとだ。たとえママが直接知らないことでも、誰に訊けばいいのかだけは教えてくれるのでありがたい。

「国際通りの小路に、ブラック・ジャックがいるって本当かな」

「そういうことなら、りんりん食堂のパパさんに訊いてみな」

ママは立ち上がり、壁掛けのちいさな鏡の前でクレンジングクリームを手に取った。面倒くさいとつぶやく声も、飲み屋街の看板に明かりが点《つ》くころには甲高くなる。

りんりん食堂は、ツキヨの有り金が尽きかけたころにたどり着いた飯屋だった。昼下がりに、これから仕事という気配を漂わせた女たちが腹ごしらえをしていたのを思い出す。食堂の名前と場所もまた、急ぎ足で突き当たりまで来てしまった女たちの口から漏れ聞いたものだった。

降り始めた雨の中ツキヨはりんりん食堂の暖簾《のれん》をくぐった。久しぶりの、昆布のにおいだ。パパさんは七十過ぎというけれど、見かけは元気な中年男だった。皺《しわ》を間引いているように見えるのは、若返りの食材でも調理しているせいだろう。

小路を一本入ったらいろいろなものが手に入った。男も女も過去も近未来も、芸術も土産《みやげ》も犬の糞《ふん》もみんな似たような価格でやり取りされている。ここにいれば、生きることの着地点をさほど難しく考えずに済むのだった。四季の輪郭が曖昧《あいまい》なせいかもしれない。暑いか、丁度《ちょうど》いいか、涼しいか。年がら年中緑があるし、トレーナー一枚でやり過ごせる冬を、北海道生まれのツキヨは冬と呼ばない。道ばたで寝転がっていても死なない土地、と思ったことが、ツキヨがこの島に居着く理由になった。

「歯が痛いの。お金はない、いつものことだけど」

パパさんは「竜宮城」を紹介してくれたときと同じように、首と顎を使って曲がり角の方向と数を説明する。

「赤いドアの、ちっちゃいバーだ」

必要最小限の情報を持って外に出る。アーケードを抜けると、来たときよりも雨脚が強くなっており、雲も厚みが増していた。空に雲の蓋《ふた》があるせいで、蒸し器の中に置かれた肉まんの気分だ。

ひとつ道を間違ったら、永遠にその場所にはたどり着けない。路地裏はまるで、迷うために作られたみたいだった。パパさんの言葉を思い出し思い出し歩く。目印になるいくつかのドアの色と壁やシャッターの落書きが頼りだ。

赤いドアを見つけたときはもう、ワンピースの太股あたりまで雨に濡れていた。傘をたたみ、濡れてごわつくインド綿の裾を軽く絞って、ドアをノックする。返事はない。雨音に消されてノックの音も届いているのかいないのか。

ドアと同じ赤ペンキが塗られたノブを摑《つか》んだ。右にも左にも回らない。仕方なく肩で押してみるとするりと暗がりが現れ、勢いで店内へと滑り込んだ。

右側にカウンター、フロアの隅に腰高のテーブルが三つ。バーの間取りだけれど、奥の壁にはベッドがある。ライトスタンドがひとつ、ベッドを浮き上がらせていた。白いTシャツの背中がベッド脇の椅子に腰掛けているのが見えた。ジリジリという機械音が壁に響いて、雨音と重なっている。男の背中の向こうにはベッドの上に投げ出されたジーンズの脚があった。

「誰、今日は予約で満杯だよ」

声の主はベッドの上に横たわる男のほうだった。壁側に向いていた視線がゆっくりとこちらへと移る。ライトの下で、遠慮のない瞳がツキヨをとらえた。機械音が止まることはない。歯医者だと聞いてやってきたのに、ここはタトゥーハウスだった。

「邪魔してごめんなさい。ここに歯医者がいるって聞いてきたんだけど」

三分ほど待ってようやく機械音が止まった。白いTシャツの背中が反転する。額の半分まで前髪が垂れた短髪、色白、妙に清潔な印象がここでは却《かえ》って胡散臭《うさんくさ》い。男がかけていた眼鏡のレンズ部分を上げて、立ち上がりしなベッドに声を掛ける。

「今日はここまで。何度も言うけど、掻《か》くんじゃないぞ」

「わかってる。子供扱いしないでよ」

ツキヨはなれ合いの会話に入れないまま、ふたりを眺めていた。ベッドから立ち上がった青年は小柄で顔がちいさく女の子にしてもいいくらいの細さだ。道具の始末をする男は青年より頭ひとつぶん長身で、声は雨音に負けぬほどよく響きおまけに滑舌がいい。ツキヨが唯一客の選《え》り好みをするとすれば、声だった。目を瞑《つぶ》ってしまえば、どの男もそう違わないのだ。暗がりでは声が好き嫌いの境界線になる。

「ここに、ブラック・ジャックがいるって聞いたの」

「誰だ、そういうデマ流すやつは」

「歯医者って、デマなの？」

奥歯の痛みは現実だ。嘘ならば早くここから出て行きたい。上半身裸でこちらを向いている青年が言った。

「デマじゃないよ、万次郎《まんじろう》先生は本物の歯医者さん」

彫師は万次郎というのか。

今どき——思わず持ち上がった頬が昨夜より腫れておりうまく動かなかった。

「歯がどうかしたのか」

万次郎と呼ばれた男と目が合った。土地の人間じゃないことがわかる顔立ちだった。

「昨日からずっと奥歯が痛いの」

「痛いほかには」

「腫れてる」

ここに寝て——指し示されたのは今まで青年がいたベッドだった。こんな場面に躊《ちゅう》躇《ちょ》するような女に戻れたらいいのにと思いながら、濡れたワンピースの裾を膝の上までたくし上げ仰向《あおむ》けになった。男——万次郎がツキヨの背中に湿気《しけ》ったクッションを三つ挟み込む。硬いマットレス一枚のスペースは、たちまち診療台に変わった。

ベッドの上から見る店内にも、やはり営業の気配はない。カウンターの上には奥行きのない棚がふたつ並んでいて、ひとつにタトゥーの道具が収まっている。今まで使っていたものをひとつひとつ消毒しながら棚に戻す万次郎の肩は、サーフィンとも肉体労働とも、スポーツとも縁の無さそうな、なで肩だった。

白いTシャツが、白衣に見えてきた。ツキヨの記憶のなかで、幼いころ義理の父親になだめすかされながら抜いた乳歯の記憶が蘇《よみがえ》る。糸を引っかけたり指の先でぐらつきを確かめたり、義父は幼いツキヨの歯に執着した。一本ぐらついてくると、毎日毎日楽しそうに口に指を入れてくる。その姿は、母の留守にツキヨのへその下を触ったり亀裂に指を這《は》わせたりするときよりも、ずっと楽しそうだった。

遊んでもらっているときは本当に楽しかったし、うっすらとした気持ち良さも味わったけれど、歯を抜かれるときは恐怖心が湧いた。義父はツキヨの恐怖心を支配できるのが楽しくて仕方なかったのだ。

ふたりの遊びは義父の「おねがい」から始まった。

――いつか三人で遊ぼうね。それまでおかあさんには内緒にしておこう。ツキちゃんとおとうさんの秘密だからね。

そのいつか、が来たと思ったのは、夜中に目覚めた暗がりで、母が赤子のような声で泣いていた日だった。なにが悲しくてそんなに泣いているのか、息を殺して両親のベッドまで近づいていった。母はパジャマの下だけを脱いでおり、義父はその脚のあいだに顔を近づけ亀裂に指を這わせている。母の白い腹が波打っていた。ツキヨの大好きなこと、いつか三人でしようと約束してくれた遊びを、その夜義父と母がふたりきりでしていたのだった。

自分も――

ツキヨはこんな夜中に両親に遊んでもらえるかもしれない嬉しさに、急いで自分もパジャマとパンツを脱いだ。そしてふたりのベッドに這い上がり言った。

——おとうさん、ツキちゃんも。

闇に浮いた母の、肌の白さと左右に揺れた瞳が忘れられない。

ふたりの体臭まで思い出すのは何年ぶりだろう。義父の葬儀から、いったいどのくらい時間が経ったのか。

万次郎がカウンターの上から重そうなジュラルミンのケースを運んできた。ベッド脇のテーブルに置くときも、こちらに振動が伝わってくる。

「なにが入ってんの」

「元商売道具」素っ気ない答えが返ってきた。

黒いサーフシャツを着た若い男が、カウンター前の椅子に腰掛け、煙草を吸い始めた。ただの煙草ではなさそうだ。いつか嗅《か》いだ、これは上物の香りだった。

万次郎が開けたジュラルミンケースには目盛りやつまみが並んでいる。黒いスイッチばかりが目に付いた。中のものを繋《つな》げたり確かめたりしながら、万次郎は黙々と器具の点検をしている。ツキヨに興味があるようにも見えなかった。

視線はもっぱらカウンターで上質の葉っぱを吸っている青年から注がれていた。万次郎にはもう、ツキヨがどこでなにをしている人間なのかわかっているのだろう。

金がなければ体で払い、払いきれないときは逃げるというのが、ツキヨの生きる方法だった。逃げ切れなかったこともたくさんあったけれど、不思議なことに死にたいとは思わなかった。島には美しい死に場所がたくさんあると気づいたあとも、死ぬほどのできごとには遭わなかった。

何が嬉しくて何が悲しいことなのか忘れたころ「竜宮城」のママに拾われ小路の女になった。ママが言うように、痛い歯は抜けばいい。抜けたところを無理に埋《う》めようとしなければ、こんな楽なこともない。

万次郎が、棚の隅、てっきりティッシュだとばかり思っていた箱から薄手のゴム手袋を引き抜きはめる。ツキヨに頭の位置を指図したあと、口を開けと言う。さっき撥《は》ね上げたレンズを元に戻し、ツキヨの口を覗《のぞ》き込んだ。

「これか」

金属の先で押された歯に冷えた痛みが走った。思わず顔をしかめると、万次郎は怠《だる》そうな口調で「ヒロキ、一本」と言った。

浅黒い男はヒロキという名がよく似合った。何の根拠もなく、母親が付けた名前だろうと思った。女がその音を口にするとき、まろやかな媚《こ》びが生まれるような気がする。ヒロキが薄紙に丸めた一本を万次郎の口元に持ってゆく。万次郎がくわえた巻き煙草の先に、ヒロキがライターの火を近づけた。こちらの鼻先に甘みと渋さが混じった煙が漂う。「いけるか」万次郎が指に挟んだ巻き煙草の吸い口をこちらに向けた。ひとつ頷《うなず》く。

三回肺に溜めたあたりで、痛みが薄らいだ。内臓がちゃんと元の場所に戻った気がして少し笑いたくなる。前後して、いま自分がここにいるのは必然のように思えて慈悲深い気持ちになった。

ここにいる男たちを救ってあげたいという、おかしな心もちがツキヨを包んだ。我ながら馬鹿馬鹿しい考えが浮かぶものだと思ったところで、巻き煙草を取り上げられた。開けた口へ、勢いよく風が吹き付けられる。

「口の中が不衛生だ。歯ぐらいきちんと磨け」

そのとおりだ。返す言葉もない。数秒前に感じた慈悲深さも薄れてゆく。反省などしたことも、したいと思ったこともないけれど、口の中が汚いと言われると商売道具に使っている女の襞《ひだ》までけなされているような気分になった。口を閉じるなと命じられ、仕事のあとはしっかりうがいをしていると反論もできない。仕方なく目を瞑った。

歯茎に射《う》った麻酔が効くまでのあいだ、耳には石に打ち付ける雨の音ばかりが響いた。雨音に規則性を探し始めたところで、歯に重みが加わった。皿に放られた歯の音を聞いた。万次郎が機械のスイッチを入れ、麻酔が効いている部分を削り始めた。

「隣だけ削って埋めておく。虫歯だらけだ。ひどいもんだな」

きつく丸めた綿をしっかり噛むように、と言う。

「しばらくそのまま。薬局で痛み止めと化膿止めを買って、それを飲んで」

声に感情の欠片《かけら》を含ませなかった。ツキヨは首を縦に二度振る。

「こんな汚い歯、よく口の中に入れておいたもんだ」

手渡された五センチ角のコットンに、サイコロみたいな黒い歯が挟まっていた。水が臭かったわけだ。原因はこれか。笑いがこみ上げ肩が揺れた。体の一部がこんなに腐っているのだから、持ち主だった自分が傷《いた》みきっているのは仕方のないことなのだった。

仕方ない、のひとことでどれだけのことを片付けてきたのか、忘れてしまっているのも仕方のないこと——

ヒロキがカウンターのスツールを降りた。ツキヨの視線の先でジュラルミンケースを元の場所に戻している万次郎の背を遮り、ベッド脇に立つ。自分の唇に挟んでいたものをツキヨの口に近づけた。首を少し前に突き出してくわえた。腹まで煙を入れる。

ヒロキは不思議な瞳の色をしていた。島を取り囲む海に似て青く美しい。けれど、色ほどに華やかではない。目の色を印象づけるだけの派手な二重瞼《ふたえまぶた》を持っていないせいだった。

雨音が遠ざかった。煙が体に充満して、体が欲するものしか聞こえないし見えなくなってくる。ヒロキの声が金属に似た澄んだ高音になった。

「光まで、五分かな」

その後小一時間ほど淡い光を見続けた。起きようとしたツキヨの体に、何年ものあいだ旅をしてきたような疲労感が残っていた。歩けるくらいに回復するころにはもうヒロキは店におらず、万次郎は「早く出ていけ」とばかりに薬の名を書いたメモを寄こした。

ツキヨは雨上がりの通りをふらつきながら歩き、通りに面した薬局に寄って万次郎のメモに書かれていた薬を買った。

ようやく「竜宮城」にたどり着いたものの、ツキヨの顔を見たママは描きかけの眉を寄せて、とりあえず今日はゆっくり休みなさいと言った。いつもは気にもしないでいられる男や女のにおいが、漂う安いフレグランスの隙間《すきま》から鼻先へと刺さってくる。

女の子たちが次々にシャワーを浴びて二階へ戻っていった。また顔ぶれが変わったようだ。五つある部屋はすべて埋まっているのだろうか。ツキヨが寝ているあいだにひとり新入りが入り、客を取っているあいだにひとり去ってゆくことの繰り返しだ。

「竜宮城」には、安い航空券でやってきて一週間単位で「お商売」をしてゆく子もいれば、長期休暇のあいだだけのバイトと決めて稼いだ金をすべて使って帰る子もいる。戻るところがなくなって居着く者が増えると飽きられるのも早いので、ツキヨのような女はママにとってはあまりありがたくないのだという。

入れ替わりの激しい女の子たちとは、廊下ですれ違うだけの関係だからさほど仲良くもならない。彼女たちはまだ二十代で、その気になれば島から出てもまだ男や部屋を探す時間が残っている。ツキヨは三十八歳という年齢を忘れた、浜辺の浦島太郎《うらしまたろう》なのだった。

止血を確認する際に入れ替えた綿を外す。ペットボトルの水で、痛み止めと化膿止めを飲んだ。唾液と血がしみ込んで重くなっている綿を再び口の中に戻すわけにもゆかず、化粧用のコットンを丸めて挟んだ。

立て続けに五人客を取ったくらいの怠さだった。吸い込んだ煙は甘くて心地よかった。しいっとき時間を忘れられたのはありがたかったが、あとからこんなに怠いのでは差し引きゼロだ。

――明日また、このくらいの時間に来て。傷口が化膿してないかどうか診るから。

帰りがけに聞いた万次郎の声が耳の奥で響いた。声のいい男はそれだけで得だろう。暗がりで抱き合ってしまえば、耳元の声と首筋のにおいしかなくなってしまう。とりわけ違うのはそのくらいなものだろうと、ツキヨは経てきた時間に念を押す。

布団に横になり、怠さを土産に再び過去へと潜り込んだ。

目を瞑ると義父の嬉しそうな顔が近づいてくる。

――ツキちゃん、おとうさんと遊ぼうか。

――うん。

お気に入りの四つ葉模様のパンツを脱いで、ひとり掛けの椅子に座り、立てた両膝をそっと開く。義父はツキヨの腹の下を愛《いと》おしげに撫でながら、職場で自分がどんなに大変かを話して聞かせる。

——おとうさんね、ツキちゃんやおかあさんのために頑張ってるんだよ。毎日毎日嫌なことばかりなんだ。みんなツキちゃんみたいにいい子ばっかりだったら、おとうさんもお仕事楽しくなるんだけどなあ。

義父は小学校の教師だった。母はパート先で見つけた若い男に生活力がないことをよくわかっていて、娘のツキヨが夫と秘密の遊びをしていることに気づいても知らぬふりを通した。親子三人の関係が世間的に褒められたことかどうかは、いまもよくわからない。自分たちの当たり前を誰がどう思うかなど、ツキヨがツキヨである限り知りようもないことだった。

ツキヨが小学校に上がる前の年、義父がしばらく職場を休んだ。

母は「世間体」という言葉を使って義父を責めたが、実際のところさほど困ったふうでもなかった。案外自分も外に出る口実が増えて、内心喜んでいたのかもしれない。自然と、義父とツキヨの時間が増えた。

——ツキちゃん、おとうさんしばらくお仕事行けなくなっちゃった。おかあさん、そのぶん働かなくちゃいけないんだって。おとうさんさびしいなあ。ツキちゃんまた遊んでくれるかな。

——いいよ、ツキちゃんおとうさんのこと大好きだもん。

——ありがとうツキちゃん。

後に、高学年の女子トイレを盗撮したのが発覚して停職処分を受けたと知った。ツキヨの腹を撫でたあと、義父は両手の人差し指を使ってそっと幼い扉を左右に開いた。大好きな香水の匂いを嗅ぐように鼻先を近づける。吹きかけられる息に、くすぐったさを覚えてこもった笑いが漏れる。義父はツキヨの笑い声をとても喜んだ。

——ツキちゃん、もっときれいにしてあげたいなあ。いいかな。

——うん、おねがいしまぁす。

甘えた声でそう言うように教えたのも義父だった。舌先が触れたら、どんなに甘えてもいい。誰が教えたわけでもない、自分のなかの決めごとだった。

停職処分が終わった翌日、義父はガレージで首を括《くく》った。母もツキヨも泣かなかった。十五の年から暖かいところへ南へと流れていくうちに那覇《なは》の小路に迷い込んだ。母が生きているか死んでしまったかも知らない。母もツキヨの生死を知りたくはないだろう。母が知ればなにかもっともらしい感情や言葉を考えねばならず、会えばまたお互いの心に面倒が増える。

痛み止めが切れかけていた。もう一回飲んでおこうと起き上がったとき、両目からぽたぽたと涙がこぼれ落ちた。抜かれた黒い歯が目裏《まなうら》で、宙で揺れる義父の足と重なった。死んでも泣かなかったのに不思議なことだった。

翌日の昼過ぎ、微熱の残る体をひきずりながら、ツキヨは再び万次郎のもとを訪ねた。昨日ヒロキが横たわっていたベッドに、今日は女がいた。カウンターの上に置いた棚の前で、万次郎はこちらに視線を向けたあとすぐにまた道具の消毒を始めた。赤いインド綿のワンピースをずりあげながら、女が嗄《しわが》れ声で「ノックくらいしなさいよ、ばぁか」と言った。一瞬目にした女の背中から腕にかけて、大小の薔薇《ばら》が咲き乱れていた。

「腫れと痛みはどうだ」万次郎がこちらを見た。

「昨日よりいいみたい」

出がけに見た鏡で、思わず吐きそうになったとは言えない。血が止まった場所には赤黒い穴があり、この店のドアにそっくりだ。

2

昨日聞いた雨音の代わりに、今日は店内に低く気怠い洋楽が流れていた。ベッドに再びクッションを積んで、ツキヨは大きく口を開けた。血溜まりにしか見えない抜歯後の歯茎を見られることが、なにやら恥ずかしく思えてくる。閉じかけた口に、薄いゴム手袋の指先が滑り込んできた。

「どんな荒《すさ》んだ生活してても、歯だけは立派なやつもいる。その逆もあるし、両方駄目なやつもいる」

自分は両方駄目なやつなんだと思い、顎をちいさく二度動かした。心地よい声が顔のそばで響く。悪くない。ずいぶんいろんな男のものを口に入れてきたから、虫歯の一本くらい仕方ないかなと思ったところで、指が抜かれた。

「歯茎が腫れてるのは虫歯のせいじゃない。歯ぎしりで歯がぐらぐらしてる。なにをそんなに食いしばってんだ」

「あたし、歯を食いしばってるの？」

「ストレスが歯にきてる」

「ストレスって、あたしの？」

万次郎の意外な言葉に、ツキヨの背がクッションから浮いた。

「ずっと奥歯に力が入ってる。頭が痛いことは、ないか」

「毎日頭の痛いことだらけ」

「生活が歪《ゆが》んでるんだ。歯の治療以前の問題だな。このままじゃ、ぜんぶなくなるぞ」

なにが、と問うと「歯」と返ってくる。

「万次郎先生は歯医者なの、それとも坊さんなの」

「どっちでもない」

万次郎がゴム手袋を外し、ベッドから離れてゆく。ツキヨは彼のTシャツの背にある細い「NEW YORK」の文字を見た。ストレスがあると言われると、人として認めてもらえたような、褒められているような気分になる。毎日、金銭の授受に関わる仕事をしている実感と、それが決して自己満足ではないことの証《あかし》に思えてくる。

ふと、万次郎はこのまま何の報酬も受け取らずに昨日と今日を終えるのではと不安になった。こちらはどんなちいさな仕事――握ってくれているだけでいいとか、へそのごまを取ってくれればいいとか、話したいとか――でもきちんと十五分ぶんの料金をもらう主義だ。そうじゃなければ部屋代も稼げない。ツキヨはぐるりと店を視界に入れた。

城壁みたいに並んだ洋酒の瓶と客のいないカウンターには、昨日と同じ場所にコンパクトなジュラルミンケースがあった。機械彫りの道具が並んだ安っぽい棚や煙草のにおいが染《し》み付いた壁は、時間と色を吸い取り真っ黒だ。店の隅に古いパイプベッドが置かれたバーは、もう営業の気力を失っている。

「歯医者なら診療報酬で、坊さんならお布施だね」

「そういうのは、出せる金のあるやつが出す」

「それでも、お礼くらいはしたいじゃない」

ツキヨは綿のワンピースの裾を膝の上までたくし上げた。

「いいよ、払うもんこれしかないし」

万次郎はこの街に不似合いな白い頬を、まったく動かさなかった。冗談とも本気とも思ってくれていないのがわかると、途端に悔しくなる。男にしては薄い眉、くるりとした丸い目と、少しつきだし気味の唇とどっしりと高めの鼻。どこか歌舞伎役者を思わせる顔立ちが癪《しゃく》に障る。

万次郎はツキヨが太股まで裾を上げてもなお、興味を示さなかった。小娘だったころに戻ったような、恥ずかしさが舞い戻ってくる。

「してくれたほうが助かるんだけど」

「悪いけど、口の中も雑菌だらけだし、とてもじゃないがそんな気分にはならない」

「口の中も、って言わないでよ。も、ってなんなの」

女を見れば脚のあいだに体をねじ込むことしか思いつかない男たちばかりを見てきた。お前は不潔だからやる気にならないと言われて、傷つく前に体が納得してしまった。彼は女に興味がないのではなく、汚い女だから嫌だと言っているのだ。ツキヨにとって万次郎は、初めて見る生きものだった。

「どうすればいい？」素直に訊ねてみた。

「不健康で不衛生な生活を見直すことだ」

「竜宮城」を思い浮かべれば、不衛生はよくわかる。男たちは女の筒の往復と射精に余念がなく、入れた抜いたで忙しい。入れたっきりの男になど会ったこともないので自然、女も忙しくなる。竜宮城で何百年も浦島太郎を待っている乙姫《おとひめ》様の、干上がったアワビを想像して、笑いが漏れた。

店の床に、陽光が扇を広げた。振り向くと、ヒロキが丸めた紙とレジ袋を持って立っていた。ここにはノックの習慣もなければオープンもクローズもない。ヒロキは「ああ昨日のカノジョ」と言ってツキヨの横を通り過ぎた。

「万次郎先生、やっと見つけた。百均にもどこにも売ってなくて、結局図書館で借りた本をコピーしてきた。僕、生まれて初めて図書館行ったよ」

「いいところだったろう」

「静かで怖かったよ」

ヒロキは両肩を上げ下げしながら、もう行きたくないと笑う。丸められた紙を受け取った万次郎がそれを広げた。店の片隅から見ていたツキヨにも「モナ・リザ」とわかる。

「拡大したら、ちょっと粗くなっちゃった」

「いや、目元と口の角度を確かめたかっただけだから」

「これで、いけそう？」

万次郎は頷き、画用紙大のモナ・リザをベッドの向こう側にある壁にピンで留めた。丸められていたことが忘れられない紙は、なかなか壁に沿わない。ヒロキが、するりとTシャツを脱いだ。若くて張りのある上半身が一度、バネでもあるのかと思うくらい美しく反った。ヒロキは伸びをして、ベッドの上にあったクッションを足下《あしもと》へと除《よ》けた。ツキヨの目に、肩甲骨のあいだで無表情を決め込むモナ・リザが飛び込んできた。

「彫るところ、見学してもいい？」

「いいよ、カノジョ」

万次郎よりも先に、ヒロキが応えた。万次郎は誰も視界に入らぬ様子で道具の準備をしている。

「あたしツキヨ。ありがとう」

「オッケー、ツキヨ」

昨日ヒロキが座っていたカウンターのスツールに腰を下ろした。ライトの下に浮かび上がるヒロキの浅黒い背には、点描画に似たモナ・リザがある。彫っているのは歯医者で坊さんで、彫師の万次郎だ。名前と顔を覚えても、ふたりのことはさっぱりわからなかった。

機械音が短く響き、止まることを繰り返す。モナ・リザの口角を整えるために、万次郎が神経質な横顔を見せる。点を入れ、ワセリンを含ませた白い布で拭き取ってはまた点を入れる。ときどき壁に貼った絵を見てはヒロキの背中に微笑《ほほえ》みを描く。見ているほうが痛くなるような光景だが、昨日までの歯の痛みに比べればどうということはなかった。痛そうに見えるだけで、自分が痛いわけじゃない。万次郎はきっちり一時間で作業を終えた。ヒロキがあくびをしながらベッドから起き上がる。

「痛くないの？」訊いてみた。

「万次郎先生だから、怖くない。怖くないから痛くない。痛みの大半は恐怖心だから」

歯はどうなのかと問われ、楽になったことを伝えた。ヒロキは「そりゃ良かった」と他人事《ひとごと》なのに上機嫌だ。

「背中、どうしてモナ・リザなの？」

「いいと思うんだけど」

「よくわかんない」

「万次郎先生が好きな女なんだって」

ヒロキが視線を泳がせた先で、万次郎がこちらのことなど気にする様子もなく道具の消毒をしている。壁にはモナ・リザだ。

「ツキヨ、質問が好きだね。いつもそうなの？」

「そんなに質問ばかりしてる？」

ほら、とヒロキが笑った。青い目と釣り合いの取れない静かな瞼が、伏せた三日月みたいに弧を描く。遠くで雷の音がする。雨雲が近づいている。

「また、雨が降りそうだね」

ヒロキはここに――住んでるの？　と問いそうになり慌てて口を閉じた。問われてばかりの会話を、この青年はあまり好きではないのかもしれない。訊かれたことにはよくある話で答え、あたりさわりのない質問をして親密さを演出できていた毎日が急に遠くなる。

「雨降りはドライブにも行けないし、つまんないよね。ツキヨはドライブ、好き？」

「ドライブ」

ヒロキは好きなの？　という言葉をまた呑み込む。ヒロキが「そう、ドライブ」と返した。どこを走るのか、ひとりで行くのか、万次郎はどうなのか、ふたりはどんな関係なのか、ツキヨの内側から「問い」しか生まれないのはどうしてだろう。

「ドライブ、いいね。あたしも行きたいな」

服を着たまま図々《ずうずう》しくねだりごとをしたのは久しぶりのことだ。ツキヨにまだ金と暇を惜しまぬ男がいたころは、強気な言葉が彼らへの褒美だった。

万次郎がカウンターの中へ入り、製氷庫から氷を摑みあげてロックグラスに落とした。氷の上に、時間をかけて流し入れているのは国産のモルトウイスキーだ。続けて、卵を三つホーローのミルクパンに並べて水とひとつまみの塩を入れ、簡易コンロにかけた。

「万次郎先生、ロックにゆで玉子、いいね。あたしも欲しい」

「痛み止めと化膿止めを飲んでいるうちは、酒は駄目だ」

「じゃあ、ゆで玉子だけでもちょうだい」

「ツキヨ、面白いね。今日はお休みなの?」

ヒロキが隣のスツールに腰掛けた。レジ袋から紙包みとオープンサンドを取り出して並べる。万次郎といいヒロキといい、指先のきれいな男たちだった。こんな指で自分をかき回してくれるような客には、しばらくお目にかかっていない。よい記憶がずいぶんと遠いところにあると気づいて、ヒロキの質問に答えそびれた。

紙包みから現れたのは、温野菜のサラダが入ったビニール袋だった。カウンターの中で切り分けられたオープンサンドはビーフとレタスがたっぷりで、万次郎はそれを手際よく皿に並べる。カウンターの上はたちまちミニパーティーでも開けそうなくらい華やかになった。

ツキヨが最初に手を伸ばしたのはゆで玉子だった。平べったいおちょこに、おろし金で岩塩を削ったものも出てくる。それをつけて食べろという意味らしい。

「じゃ、競争」

ヒロキも一緒にゆで玉子の殻をむき始めた。ツキヨも慌てて指先に神経を集中する。カウンターを使ってまんべんなく殻にひび割れを作り、細かな欠片のひとつをめくりつるりと半分むいたところで、ヒロキが「わあ」と手を止める。

「それ、ツキヨの発明？」

「おとうさんに、教えてもらったむき方」

「ツキヨのおとうさん、親切な人だね」

親切——義父を思い出すときに充《あ》てたことのない言葉だったが、悪い気はしなかった。

「すごく優しかったよ。大好きだった」

「死んだの？」

真っ直ぐな目で訊ねられると、あまり悲しくもない。頷くと「そっか」と返ってきた。ここで交わされる言葉は、音ほどの意味も重みも持たなかった。今日ツキヨが死んでも、ヒロキと万次郎は「そっか」で終わらせてくれる。居心地がよいとは、こういうことだ。

歯を抜いた場所に当たらぬよう、気をつけながらゆで玉子を囓《かじ》った。しっかりとかたちのあるものを食べるのは久しぶりだ。岩塩を指先に取り、歯形のついた白身部分につける。ひとくち囓れば急に深みのある甘さが口に広がり、思わずカウンターの中の万次郎を見た。ひとりウイスキーのロックを飲んでいる万次郎の手には、オープンサンドがある。

ヒロキが温野菜を飲み込んだあと、万次郎に訊ねた。

「あとどのくらいで完成するかな」

「腫れがひけば完成だ」

「嬉しいな」

背中のモナ・リザのことを言っているのだ。ヒロキの肌は特別に色を入れなくても絵の背景と同じ昏《くら》さを持っていた。まんべんなく、おそらく隅々まで悲しげな色を想像する。美しいが、背中に名画とは思い切ったものだ。

「ほら、これ食べなよ。栄養摂《と》らないと、長生きできないよ」

「親切」の次は「長生き」ときた――ツキヨはまたヒロキの不思議な言葉に立ち止まった。明快に答えられると少し怖いと思いながら、訊ねてみる。

「どのくらい生きると、長生きなのかな」

「わかんない。うちのおばあより、隣のトミばあより長く生きたら、長生きだねたぶん」

「おばあは、何歳？」

ヒロキは首を傾《かし》げて「いくつだったたっけ」とつぶやいたあと「知らないみたい」と笑った。カウンターの内側では、万次郎が天井を眺めている。

「ツキヨのおとうさんは、いくつで死んだの？」

いくつだったか——そういえば、義父の年齢を知らなかった。

「あたしも、知らないみたい」

誰も、自分の年齢を言い合わなかった。誰も訊かない。万次郎がガス入りのミネラルウォーターの栓を抜いて一本ずつふたりの前に置いた。冷蔵庫がモーターの音を高くする。

静かで優しい食事が終わると、ヒロキが「いいところに案内してあげる」と言う。どこかと訊ねた。

「うえ」

心の在処《ありか》を疑いたくなるほど澄んだ目で答えた。こちらの戸惑いなどお構いなしで、ヒロキがスツールから立ち上がった。万次郎に向かって得意げに言う。

「ツキヨなら見せてあげてもいいよね。見せてあげたいんだ」

カウンターの中の万次郎は、表情を変えずウイスキーをグラスへとつぎ足した。ヒロキは皿の上の残り物を口に詰め込み、ミネラルウォーターで喉へと流し込む。横顔、顎、喉から胸、腹へと続く線が薄暗い店内で美しい線を描く。ツキヨは訊ね忘れていたことを思い出した。ねえ、と万次郎に向き直る。

「この店の名前、まだ聞いてなかった」

冷蔵庫のモーター音と同じくらいの低さで、万次郎が答えた。由来を訊ねる間もなく、

「暗い日曜日――」

ヒロキに急《せ》かされながら外に出た。

元ショットバー、今はタトゥーハウス「暗い日曜日」の、二階へ続く階段は、建物の外についていた。幅の狭いコンクリートの階段だ。ツキヨは、先を行くビーチサンダルのすり減ったかかとから、暮れ惑う折り紙みたいな空へと視線を移した。

来たときよりも風がつよくなった。雲は低いところを移動していて、どんどん薄暗く

なってゆく。ところどころ雨水の溜まった階段の真ん中あたりに、ヤモリが一匹はりついていた。ヤモリに、お前も夜行性じゃなかったかと問いかけながら、ツキヨはヒロキに追いつこうと一段飛ばしで階段を上がった。

二階はコンクリートの壁がむき出しのワンフロアだった。天井を見れば二十畳以上ありそうだ。

階下の黒い壁は塗り物ということか。今まで幾度となく付け替えられていたであろうドアの軽さを考えると、ここはおそらく「竜宮城」よりもずっと古くからある建物なのだ。

「ね、いいでしょ」

間仕切りに使われているのは、人の背丈ほどの衝立《ついたて》だ。チョコレート色の幅広テープを綾織《あやお》り風にした、四枚ものパーティションは、そこだけ妙に新しい。通りに面した窓辺にTシャツとサーフパンツが干してある。赤いドアを探してたどり着いたので、二階を見上げていなかった。

窓から見えるのは通りの向かい側にある、これも元は飲み屋だった風の建物だ。さびれているというのとは少し違った。呼吸の痕《あと》が残っている。まるでするりと人影だけをどこかへ移した景色だ。衝立は部屋をふたつに分けていて、手前側にはなにもなかった。ヒロキはここに住んでいるのだという。

「男ふたりの生活にしては、なんだか清潔だよね」

「清潔って？」

思ったことをそのまま口走ってしまったことが恥ずかしくて「清潔ってことだよ」と続けた。ヒロキはビーチサンダルのまま部屋を横切り窓辺に立つと、「不潔よりずっといいよね」と笑った。

なんだ、わかってるじゃないか。ツキヨは衝立の向こうを遠慮なく覗きながら窓辺に近づいた。腰高のパイプベッドが一台、枕の横にはベッドサイドテーブルの代わりなのか段ボールがふたつ積んであった。ベッドは階下にあるものとよく似ていて、どちらもシングルだ。

「万次郎先生は、下で寝起きしている。僕はここ。二階のほうが風通しもいいし、暮らしやすいはずなのに、先生は店から出ない」

「あなたは、万次郎先生のなんなの？」

「ツキヨは、やっぱり質問が好きなんだね」

「ごめん」

ヒロキは「まだ、ともだち」と言って悪戯《いたずら》っぽく目を細めた。ツキヨの肩をかすめるように窓辺から段ボールの前へと近づく。しゃがみ込んだTシャツの背に、美しく背骨が浮き上がる。ヒロキが段ボールを指先でつつくと、脇から灰色の猫が顔を出した。ツキヨは猫が鳴く前にちいさな声を漏らした。

「このあいだ、店の前にいたの。どう？」

ヒロキが抱き上げた猫をツキヨに差し出した。両の掌《てのひら》にすっぽりと収まる、子猫だ。抱っこする手が替わっても、おとなしくされるがままになっている。毛の短い灰色の猫はツキヨが胸に抱くと大きなあくびをひとつして目を閉じた。

「可愛い。名前はなんていうの」

「まだつけてない」

名前のない猫とヒロキと、万次郎。猫の次に迷い込んだのがツキヨなら、少なくとも猫とは親しくなれそうだ。

「雌だから、きっと仲良くなれるよ」

まさにいま、ツキヨが考えていたことへの答えをヒロキが言った。

「見せたかったものって、この猫だったんだ」

「うん、きっと喜んでくれると思って」

不意に泣きたくなった。こんな心もちになる理由を探してからにしようと思うのに、鼻の奥が締め付けられる。どうして喜ぶと思ったのかを訊ねた。

「なんとなく、に決まってるじゃない。そんなにいちいち理由を欲しがってばかりいると、神様に怒られちゃうよ」

「神様？」

「うん、うちのおばあは神様の使いなんだ」

ヒロキとの会話は、数秒後にどこに連れていかれるのかわからない。「神様」という言葉の響きが幼いころとはずいぶん違っていた。幼いころから、ツキヨにとって神様は「ひどいことをする」存在で、逆らわずにいればとりあえず生きていくのだけは許してくれる、気まぐれな「風」だった。

ヒロキのおばあが「神様の使い」ならば、目の前の青年はその孫か。風の身内というだけで、この子がなにを言っても考えても、こちらはただその言葉を体に溜めてゆくしかないのだろう。久しぶりに、南の島にいるのだという実感が湧いてきた。

観光客の数に比例するように、占いとヒーリングの店が多い土地だった。評判の良い店の噂話がまだ耳に入っていたころ、ツキヨも興味半分で行った。オーラの色を観て、その人に合ったパワーストーンでブレスレットを作る店だった。

——あなた、流れてゆくしかないのね。

ツキヨとそう歳の違わないユタが、微笑みながら言ったのを覚えている。風に流されているのだから、なにが起きても起きなくてもいいのだ。

「会ってみたいな、ヒロキのおばあに」

「万次郎先生も、一緒に行けたらいいね。先生はなかなかここを出ないから、誘ってみようかな」

うん——昨日会ったばかりの青年と、古い友のように話していた。親しい友などいたこともないのに、この懐かしさに胸まで浸っている。ツキヨは万次郎とヒロキのどちらにも、警戒せずにいることが心地いい。

「ここから出ないって、万次郎先生はいつからここで暮らしてるの？」

「一年くらいかな。東京で歯医者さんだったんだって」

「歯医者さんが、どうして島に来て彫師になっちゃうんだろう」

「絵を描くのが得意だからじゃないの。マシンはここにあったもんだし、使いかたを習ったらすぐに覚えたみたいだけど」

ヒロキの眉がくもる。質問が続くと面倒になるようだ。

胸に抱いた猫はまだ眠っていた。柔らかく頼りない生きものは、それだけでツキヨを温かい場所に変える力を持っていた。守らねばならぬ命のせいで、抱いているうちはこちらも生きていなければならないのだった。

ヒロキのおばあは、那覇から車で一時間かからぬ奥武島《おうじま》で暮らしているという。

「おばあは、なんにもないところが好きなんだって」

「あたしも、なにもないところで生まれたんだ。北海道の東の端っこだよ」

「北海道って、雪が降るんだよね」

「人の背丈より降るところもいっぱいある。広いからね」

「雪、見たことない。空の上で誰かがかき氷を作ってるみたいに降るんだよね」

「雪は寒いときに降るものだから、食べたいとは思わなかったな」

「ツキヨは夢がないなあ」

眠りが浅いので、夢はよくみるのだが。いまこの時のほうがずっと夢の中みたいだということを、どうやって伝えよう。ツキヨはうまい言葉が思い浮かばず、猫を抱いたまま部屋の壁に視線を移した。

チョコレート色の衝立のこちら側にベッドと猫の住処《すみか》がある。段ボールからちらりとバスタオルがはみ出ているのが見えた。猫が現れるまで、ヒロキが使っていたものだろうか。ここで猫と一緒に暮らす青年の目は、猫よりずっと青くて美しい。万次郎もこの猫と同じ、小路に迷い込んだ者のひとりに思えてきた。

「万次郎先生も、東京から逃げてきたのかな」

「どうしてそう思うの？」

「なんとなく」

突き当たりまで逃げてきた男のほうが絵になるもの、とつぶやくと、ヒロキはひどく驚いてみせ、そして嬉しそうに言った。

「本当だ。だから僕、万次郎先生が大好きなんだな」

「竜宮城」の一室にある、衛生的とは言いがたい寝床と比べると笑い出しそうになる。抜歯の痛みより、そのことがツキヨをかなしくさせた。猫はますます深い眠りへと入ってゆくようだ。身動きひとつせず胸に抱かれ、手にも胸奥にも重たくなる。

「こんなところで暮らせたらいいな」

ぽつりと言ったひとことに、ツキヨ自身が驚いていた。ヒロキは万次郎のことが大好きだと言った口で「そうしなよ」と返してきた。

「そうしなよ、って」

「衝立の向こう側、ツキヨが寝起きするくらいのスペースあるでしょ。僕は誰が居てもあまり気にならないから。ここが好きならずっと居たらいいよ」

まるで幼い子供と話しているようだ。あるいは猫の化身かと、直線なのか曲線なのかわからない会話を振り返る。

「万次郎先生は、なんて言うかな」

ヒロキの青い目は迷うということを忘れている。ツキヨもまた、しっかりと流れたくなっていた。

「きっと喜ぶよ」

——流れてゆくしかないのね。

ツキヨのために石を選ぶユタの言葉は何度も、耳の奥でぱらぱらと散ってはひとつに集まってくる。あの日作ったブレスレットは、いったいどこへ行ったのだったか。

なにかいい夢でもみているのか、いっとき猫の寝息が笑っているみたいに短くなった。

3

いざ出て行くことを告げると「竜宮城」のママは不機嫌になった。

「ツキヨ、お前二、三日前に歯を抜くからってあたしから見舞いをふんだくっといて、いきなりなにを言うんだよ」

「いつ出て行ってもいいって、最初から言ってたじゃない。もうけっこうな古株になっちゃったし、若い子いっぱいいるし」

ママは首を左右に倒しながら「若いだけじゃあ、さあ」と語尾を伸ばす。引き留められるとは意外だった。留《とど》まるつもりはさらさらないが、案外気持ちのいいものだ。ママは、まあちょっと座って、落ち着いて話をしようと言う。それまで枕にしていたクッションを除けて、ツキヨの座る場所を作った。

冷蔵庫からコロナを二本取り出し栓を抜き、一本をツキヨに渡した。

「これはあたしから。気持ちだから」

礼を言って受け取る。ママの親切はありがたいが、ツキヨもツキヨでここを出て行くには理由がある。

「ビールとお見舞い、ありがとう」ひとくち飲んで、頭を下げた。

ママはコロナをひと息で飲み干すと、臭い息を吐いて「まいっちゃったな」と言った。

自分ひとりいなくなったところで「竜宮城」がどうなるとも思えない。

「決めちゃったの。ごめんね、すっかり」

お世話になっちゃって――心にもないことを言いそうになってやめた。途切れた会話を潮に、立ち上がりかけたときだった。

「実は、もうもらっちゃってんだよね」ママが言った。

ツキヨはなにを言われているのかわからないまま、慌てて眉間《みけん》に寄った皺を人差し指でのばした。

「カネ、もらってんのさ」

「カネって、なんの？」

ママは両肩をがくりと落とした。芝居がかった表情も、金が絡んでいるのなら納得だ。

「このあいだのおとうさん、すっかりツキヨが気に入っちゃってさ。ほら、あれからお前に客を入れてないだろ」

何を言わんとしているのか、うっすらと見えてきた。どうやらこのあいだの客が、ツキヨの一日の稼ぎを肩代わりしているらしい。てっきりママが、活きの下がったツキヨに客を取らせたくないのだとばかり思っていた。

「あのおとうさん、いいひとだよ。歯が痛いのに相手させちゃって、悪いことしたからって。あのあとまたやって来て、歯医者に行ったこと言ったらお見舞いまでくれたんだ。いま渡そうと思ってたところだったんだよ」

だから、もうしばらくここに居てほしいとママは懇願する。ツキヨはしらけた気持ちを隠さずに「その見舞金は？」と訊ねた。座布団の下から財布を取り出したママは、一万円札を二枚縦に二つ折りにしてツキヨの胸に挟んだ。

「あたしからも、イロをつけといた」

にんまりと笑った口元には、歯の間に昆布やネギが挟まっている。男から受け取ったものはもう少し多かっただろう。問い詰めれば万札をもう一枚と舌を出しそうだ。

「ママ、少しは歯を磨きなよ。そのまんまじゃ、いずれ一本もなくなっちゃうよ」

「歯のことなんてどうでもいいからさあ。お前がもう少しここに居てさえくれれば」

男の顔を思い出そうとするが、なかなかうまくいかなかった。観光客とやりそびれて、おかしな時間にやってきたのではなかったか。

ツキヨを留め置けばもう少し金が入ると踏んだものか。ママの卑屈な笑顔はいつものことだが、さしあたり気になるのは彼女の歯に挟まった昆布だ。

「で、なんでその男があたしの稼ぎを肩代わりしてくれるんだろ」

ママは顔中の皺を繋げて「そりゃお前」としたり顔だ。

「好きになっちゃったのと違うかい」

「あたしを好きだの嫌いだの言う男が、ここにカネを落とすかね」

「カネを落とすカネって、いやだツキヨちゃんは洒落《しゃれ》も上手いねえ」

鼻からそっと息を吐き、立ち上がる。コロナは半分残した。ガス入りのミネラルウォーターの旨さが記憶に居座り、飲み続ける気になれない。ツキヨの気持ちが、胸元に残る子猫の重さぶん傾《かし》いだ。

ふと、浦島太郎が竜宮城を出て行くときに言いそびれただろう言葉が胸を過《よ》ぎった。

飽きちゃった――

明日のあても稼ぎもないけれど「暗い日曜日」に行けば何とかなるんじゃないかと思

っている。あの場所での序列が猫の次だって構わない。

素直に「飽きた」と言わなかった浦島太郎が、気遣いの人だった気はしない。申し訳なかったら玉手箱を持って帰ったりはしない。もじもじしながら、浜に残してきた親が心配なんだと打ち明けられたときの乙姫様には、太郎の善人面《づら》が透けて見えただろう。男が開けるとわかっていての玉手箱だ。最後のおもてなしとして、老化はいい選択だった。二度と勃《た》たない浦島太郎が、竜宮城で再びもてなされる日は来ない。

男がもしも素直に「飽きちゃった」と口にしていたら、商売女なら空身《からみ》で帰すだろう。玉手箱はいっとき惚れた実《じつ》のない男にくれてやる極上の喪失感だ。乙姫様は素人《しろうと》だったのだと納得する。ママは男でも女でもない商売人なので、最後まで金のことを考える。

「ママごめん。あたし、この仕事に飽きちゃったみたいなの」

「飽きてやめられるんなら、そりゃいいけど、あたしは呆《あき》れるね」ママの声が低くなる。

「やめる」

「誰がお前の面倒をみるのさ。あともう少しここにいて、あの男を丸め込めばこの先の時間をまとめて買ってもらえるっていうのに」

ママが用意する玉手箱にはなにが入っているのだろう。ここに留まった時間を振り返るが、浜辺で開けたところで一気に腰が立たなくなるほどの楽しさを味わったとも思えない。裡《うち》からじわじわと笑いが湧いてきた。

「半年や一年飼われたところで、そんなに楽しいとも思えないなあ」

そうと決まれば、男がやってくる前にここを出ていったほうがいい。ママがいくら金を受け取ったか知らないが、凄《すご》まれたらさっさと返す姿も想像できる。

さあ——

部屋に戻り、着替えと化粧道具と避妊具の箱をバッグに詰めた。手つかずがひと箱と、使いかけがひと箱。バッグに入れたはいいが、使うあてなどない。捨てることも荷物に入れることも、別段違いはなさそうに思えた。

自前のものを詰め込んでもいっぱいにならない。買ったり捨てたりを繰り返し、手元に残っているのは旅行バッグひとつにも満たない安物ばかりだ。流行遅れのバッグひとつ見ても、ツキヨはここで時間の止まった流れ者だった。恰好《かっこう》悪いと自嘲《じちょう》してあたりを見回すが、賛同してくれる人も物もない。

そろそろ店の周りが騒がしくなってきた。バッグを持って階段を半分ほどまで降りてみる。ママは煙草でも買いに出かけたのか、最近気に入りの自称女子大生に店番をさせていた。名前は知らない。ツキヨを見上げてひょいと頭を下げる際、座布団の下に伸ばしていた手をするりと抜いた。ママがいないときは財布もないでしょう？　と目で問うた。彼女は両肩を持ち上げてツキヨに応えた。

この子がいつかママの財布から抜けるだけの金を抜いて「竜宮城」を出て行く姿を想像する。ピンハネしてもその金を掏《す》っても、それぞれの生きる方法に間違いはない。

両頬を持ち上げると、奥歯を支えていた歯茎が頬の裏側にあたって鈍い痛みが走る。歪んだ笑顔で出て行ってはいけない気がして、痛みをこらえた。バッグを持って出て行くツキヨに、彼女はなにも訊ねなかった。

昼間とはまた気配を変えた国際通りに出た。ツキヨは自分がどんどん行き止まりへと近づいている気がして、走り出したくなる。行き止まりが見えて感じるのは、もう走らずともよいという赦《ゆる》しと解放感だった。関西からやってきたという朋輩《ほうばい》が好んでいた言葉に「どんつき」があったけれど、本当に「どんつき」にいる女はその言葉をとても楽しそうに使っていた。

りんりん食堂の前で立ち止まった。右も左も観光客で溢《あふ》れているのに、ここへ入ってゆくのは、海底と浜辺のどちらで生きてゆくのか選択を迫られた者ばかりだ。帰る場所がないので、観光客とは見ているものが違う。昆布のにおいが店の外まで漏れていた。ツキヨは少し迷って、りんりん食堂の引き戸を開けた。パパさんはツキヨをちらと見て、カウンターのいちばん端っこを顎で示した。

「定食お願い」

パパさんはひとつ頷いた。もともとは基地のコックだったというが、ここで洋食と言えるのはオムライスひとつだから、本当かどうかわからない。定食には、ミミガーやチャンプルー、昆布の炒め煮がついてくる。今日はごろんとした豚の角煮《ラフテー》がメインらしい。テーブル客のあと、ツキヨの前に定食の盆が置かれた。

歯茎の穴を避《よ》けてひとつひとつの皿をあける。角煮を飲み込む際、豚肉はどこを通りたかったのか胸の真ん中あたりで一度つかえた。汁物で流し込む。滞っていた場所に穴が空《あ》いた。すべて腹におさめたあと、千円札を一枚カウンターに置いた。二百円のお釣りをツキヨの手にのせ、パパさんが言った。

「今度はどこ行く」

視線が傍らのバッグに注がれていた。ツキヨは迷わずに「陸《おか》に上がってみる」と言った。「竜宮城」を出たら、あとは陸を歩くしかないのだ。

「陸に上がって、どのくらい時間が経ってるのか確かめてみる」

「半年くらいだったか」

「半世紀だったらどうしよう」

「一気に老け込むね」

パパさんは言ったあと初めてツキヨに笑顔を見せた。

「陸に上がるとき、うちに寄ってくれる女の子はあんまりいない。もう、あとは好きなところへ行けるさ。元気でいなさい」

長くこのパパさんの出した試験問題を解いていたのだった。

「ありがとう、パパさん」

無表情に戻った彼に「案外近くかもよ」と告げた。信じたかどうか、パパさんは曖昧に頷き、新たに煮込んだ豚肉の味見を始めた。

ツキヨはりんりん食堂を出た。通りを行く人の話し声や足音、あらゆる音が高い低いに関係なく耳に飛び込んできた。いつか、那覇空港で聞いた喧噪を思い出す。暖かいところで年がら年中半袖で暮らしたいと思いながらやってきたのだった。住んでみればゆるゆるとした冬はあるが、燃料のために働くほどではなかった。

遊びにも飽きて就いた仕事の振り出しは、リラクゼーションマッサージの店だ。一週間の研修で客を任せられたが、指名数は常に低め安定。あまりぱっとしないまま、似たような店で就業規則がゆるいところへと店替えをしているうちに、みるみる蓄えは減った。沖縄なら女の働くところはいっぱいあるという話は、嘘ではなかった。男が働かなくても食って行ける土地なのだから、当たり前だ。仕事以外の時間が欲しくなるときはいつも、隣に男がいた。隣の男もいなくなったとき、知らない男を待つ仕事に就いたのだ。

こんなに騒々しい街だったっけ――

ツキヨは本当に、夕時の浜辺に打ち上げられたみたいに心細い気分になった。寄せ返す波音に囲まれている。どちらに向かって歩けばよかったか――通りの建物をひとつひと つ眺め、右へ行くのだったと気づくころ、どこか遠くのほうから自分の名を呼ぶ男の声がした。万次郎でもヒロキでもない。聞き覚えのない声だった。

周囲はひっきりなしに観光客が行き交っており、いったいどの方向から呼ばれているのかわからない。特別会いたい相手もいなかった。空耳だったことにしようと決めて歩き始めたとき、今度はひときわ大きな声が背後から聞こえた。

振り向き、声の主を見た。ずんぐりとした色黒の中年男だった。色が褪《あ》せ気味の黒いポロシャツにベージュのハーフパンツ姿だ。ツキヨは首を傾げた。その仕種《しぐさ》だけで見覚えがないことが伝わればいい。客だったのなら、なおさらだ。

「俺さ、俺。このあいだ、昼間にお世話してもらったおじさんだよ」

「ああ、どうも」

思い出した、歯が痛いときに取った客だ。

「歯はもう痛くないの？　ママさんに、俺が心配してるって伝えてくれって言っておいたんだけど」

「おかげさまで、すぐに抜いてもらえました」

男は太い眉を持ち上げて「無事ブラック・ジャックに会えたんだね」と言った。

ツキヨの口からは「おかげさまで」しか出てこない。ママが「見舞い」をふっかけていったいこの男からどのくらいの金を巻き上げたか知らないが、「竜宮城」から出たからには、もう関わりたくなかった。

「ママさんから聞いたよ」

「紹介してもらって助かりました」

「どんな男だった？」

ツキヨは男が人に押されるふりをしてじりじりと体を寄せてくるたびに後ずさりする。

「歯医者さんには見えなかったけど、腕は悪くないみたい」

男は「そうかそうか」と喜んでいる。ママの言っていたことが半分でも本当なら、ツキヨは男に対して多少の借りがあることになる。客からの金はいかなる金額でも冷めた顔で受け取るものだが、一見《いちげん》からのほどこしは薄気味悪いだけだった。

「さっき、りんりん食堂から出てきたよね」

頷いた。男の目尻にある深い笑い皺は、すべて上向きだ。常に表情が持ち上がっている顔は、少し怖い。

「じゃあ」

「ちょっとお茶でも飲もうよ」

それぞれのひとことが重なり、不意を突かれた。ツキヨの声が、男の笑顔にかき消される。聞こえなかったふりが遅れた。立ち去る好機は逃げてゆき、ツキヨは一歩踏み出しそびれた。

男は笑顔を崩さない。こちらの動揺にも触れなかった。こっちこっち、と通りに面したコーヒーチェーン店を示され、少し遅れ気味でついてゆく。ビルに挟まれた通りは、上手に風を通す術《すべ》を忘れているみたいだ。

男はアイスコーヒーをふたつ盆にのせて、ツキヨが座るカウンターの席へと戻ってきた。足下のバッグをずらす。

「おおきなバッグ持って、どこ行くの？」

「『竜宮城』を出たんで。荷物はぜんぶこの中です」

「もともと、本土のどっちから来たの」

北海道と聞いて、そりゃあ遠いところだと大げさに驚きながら、ガムシロップとミルクをふたつずつカップに入れた。

「自己紹介、遅れちゃったね。俺は南原《なんばら》っていうの。南原さんって呼んでね」

「ありがとうございます、南原さん」

「北海道、雪降るんだよね。もう降るころなのかな」

「九月はまだ秋です。でも高い山の上には初雪が降るかもしれません」

「山の上って、どのくらい高いの？」

「二千メートルとか、そのくらいじゃないかな」

「ツキヨちゃんは、もともと山の上のひとなの？」

「東の端っこのほうにある港町の生まれですけど」

そこも雪は降るのかと問われ、内陸よりは少ないながらもときどきドカ雪が来ることを告げる。ドカ雪とは何かと訊くので、一気に三十センチとか五十センチも積もることだと答えた。記憶の端から大雪の朝の景色が持ち上がってくる。ツキヨがこれ以上自分のことを話すのはやめたい、と思ったところで南原がくるりとその目玉を回した。

「雪の降るところで、毎年雪に触れる生活いいね。俺はずっとここにいるけど、もう十年くらい泳いでないもんね」

「海で遊んでるのはたいがい県外のひとですしね」

「そうそう。ツキヨちゃんは、いつまで海で遊んでたの？」

南原がその視界いっぱいにツキヨが入るほど近くまで寄って、顔を覗き込んだ。ふと、ヒロキが言っていたことを思い出す。

——質問が好きだね。

同じことを言ってみた。

「ずいぶん、質問がお好きなんですね」

「そうかな」

「ほら、また」

崩れぬ笑顔は、得体の知れない男の気配を伝えてまだお釣りが来そうだ。ツキヨはアイスコーヒーを半分飲んで、席を立とうとした。

「あ、待って。話はこれからだから」

「どんな話ですか」

「ツキヨちゃんの行き先はブラック・ジャックのところだろう?」

「また質問ですか」

「いや、分析結果だよ。いまのツキヨちゃんが『竜宮城』を出て、行く先といったらあいつらのところしかないんじゃないかなと思ってさ」

万次郎とヒロキを「あいつら」とひとくくりにする、この男はいったい誰だ。胡散臭さが薄気味悪さへと変わった。

南原は視線をずらし「でも、もうちょっと『竜宮城』にいて欲しかったな」とつぶやいた。

それでね——南原の口調はとても穏やかだ。通りを行くひとを縫い歩くようにするすると言葉が出てくる。

「あの店に行くのは俺も賛成なの。きっと今までよりいい時間になるさ」

「そうですか」

安心できないまま、声を低くする。この穏やかさは、怒らせてはいけないということと受け取った。いったいなにが目的でツキヨを呼び止めたのか、いまのうちにはっきりさせておかなければ。ツキヨは久しぶりにつけた腕時計を覗き込んだ。南原も、自分の腕にあるごついダイバーズウォッチを見る。十年も海で遊んでいない男がそんな時計を身につけていることがおかしい。

「ヒロキ、いい子でしょう」

いきなり滑り出た名前に、ツキヨは顔の筋肉を動かさぬよう努めた。もともと表情が豊かなほうでもないのが幸いした。動かし方を忘れた筋肉は、なかなか柔軟にならない。

「そうですね」

「そのヒロキがね、すっかり万次郎先生に惚れ込んじゃってるの。どこがいいんだか」

「そうですか」

「うん、そこでツキヨちゃんがいいところに飛び込んで来てくれた。あの日、ツキヨちゃんにあいつを紹介できて良かったよ」

ツキヨは頷けなかった。男の意図がまだよく飲み込めない。南原は自分が紹介したとは言うが、「暗い日曜日」の場所や万次郎本人を教えたわけではない。実際に教えてくれたのは、りんりん食堂のパパさんなのだ。この男の言葉には妙なすり替えがあった。表情を動かさず、黙って次の言葉を待った。

「あの店に行くのなら、ひとつ頼みがあるんだ」

「行くかどうか、まだ決めていませんけど」

「それならどうか、行ってほしいな。ツキヨちゃんがいれば、いろいろ安心なんだ。もちろん、ただでとは言わないよ。贅沢《ぜいたく》は無理だろうけど、食べられるくらいは用意するからさ。あのふたりに、ご飯を作ってやってよ」

南原の口ぶりは、義父がツキヨを遊びに誘ったときのそれに似ていた。こちらの指の間を砂そっくりに通り抜けてゆく話し方をする。あのころと同じ感触の言葉を耳に入れながら、ツキヨはまた誰かを失う予感に漂った。

「とりあえず、これ」

南原はハーフパンツのポケットからくたびれた札入れを取り出し、中から万札を景気よく抜いて二つに折った。ツキヨの片手を持ち上げて、掌にのせる。

「十万くらいある。当面、これであのふたりと食べたり飲んだりしててよ」

「食費、ですか」

昼の両端を持ち上げて、南原が「うん、そんな感じ」と答えた。コーヒーショップの喧噪が戻ってくる。ツキヨは手の中にある札の厚みに戸惑った。言葉は疑うことができるけれど、自分の手の中にある金だけは疑うことのできない現実なのだった。

「もらったまま、逃げるかもしれませんよ」

「いいよ、それでも。俺、ツキヨちゃん好きだし。けど、やっぱりたまにおじさんを慰めてよ。若い子じゃちょっと物足りないときあるからね」

南原は、かといって「竜宮城」のママっていうのもなんだかね、と笑う。ここにも不思議な「好き」があった。この数日で何度聞いたろう。「好き」の大安売りだ。

「これでどのくらい、食べればいいですか」

「食べられなくなる前に、次を補給するよ。たまに顔を出すし」

ツキヨは南原に飼われてみる気になった。次の約束くらい、不確かで心地いいものはない。この男も本来ならばたちの悪い男なのだった。言うことをきいているあいだはずっと優しい。それでも南原はそのしぶとさと押しの強さをもって、義父とは違い自分から死ぬことはないのだろう。

金を受け取ってしまえば当然次の要求がある。ツキヨができるのは、両脚を開いて男の求めるように腰を使うことくらいだ。金をもらう表向きの理由としてあのふたりの飯炊きをするというのなら、それは仕事として成立する。誰にでもできる仕事ならば、ツキヨは無理をして誰かにならなくていい。

「さしあたって、今夜から寝るところが必要なんで安いベッドを買ってもいいですか」

南原は実に愉快そうに上半身を揺らし、財布からまた数枚の札を抜き取る。

「このくらいで買えるでしょう。ヒロキに運ばせるか組み立てさせるといい。あいつはそういうところ、器用だから」

ヒロキとはどういう関係なのかを問いそうになる。けれど金を受け取った瞬間、こちらからの質問は飲み込まなければならなかった。そんな質問を封じるからこそ手にできる類《たぐ》いの金なのだ。つり上げれば、足下からそっくりすくわれる。かたちのないものをやり取りする関係では、金づるとの間の距離を縮めようとしてはいけない。

「じゃあ、これでベッドを運び込みます」

南原は連絡方法について、何も訊ねなかった。実際、携帯電話を持たない生活では連絡などすぐに途切れてしまうのだが、いくつか居場所を替えているうちに、連絡手段が必要ではなくなった。

向こうには向こうの都合があると解釈して、ツキヨは受け取った札をバッグの中へとねじ込んだ。いまどんな理由をつけて手に入れたとしても、金は金だった。


「暗い日曜日」のドアを開けると、今日は万次郎がベッドに横になっていた。

「暇そうだね。ヒロキは？」

「二階にいる。上に寝泊まりするんだって？　物好きなことだな」

体の内側を楽器にしているような不思議な響きだ。

「ここに住んで、すこし健康になるの。歯もぐらつかない、しっかり歯磨きをする生活をするの」

堂々とそんなことを言う居候に向かって、クッションに背中をあずけた万次郎が「そりゃいいことだ」とつぶやいた。

「じゃあ、荷物を置いてくる。ベッドも買わなくちゃ」

邪魔をしたことを詫びた。

「あまり幅のあるもんは二階に運べないから、気をつけろ」

「組み立て式のパイプベッドなら、大丈夫よね」

「ああ、そういうのなら、ヒロキが得意だ」

ヒロキが器用だという話を二度聞いた。南原の顔が過《よ》ぎる。ツキヨがしなくてはいけない質問がいくつかあった。

「さしあたって、今夜はなにが食べたい？　居候として、晩ご飯の用意くらいはしようと思うんだけど」

「俺がやるよ。ふたりも三人も、さほど違わないだろう」

「でも、ただでご厄介になれないし」

南原のことを話そうかとも思ったのだが、それはまた別の機会にした。ここで出していい名前かどうか、もう少し時間をかけて確かめたい。持ち金の理由を深く考えなくなったのも、島にやってきてからのような気がする。金は「ある・ない」でしか自分と関わらない。札が一枚でも手元にあるときは、明日も食べられるという余裕で眠りが深くなる。

「寝床作って、いたいだけいればいい。ヒロキも話し相手ができて嬉しいだろう」

「いい子だよね、ヒロキ」

万次郎はそれには応えず、腕を組み再び目を閉じた。ツキヨは二階に上がり、ヒロキの名を呼んだ。

「来たね、ツキヨ。待ってたよ」

ヒロキにも万次郎にも、いつやってくるかを言っていなかった。満面の笑みで待っていたと言われると、体のあちこちが恥ずかしさで痒《かゆ》くなる。窓から入る人工的な光のなか、ベッドの上で猫を撫でている姿はもの寂しげだ。

「ヒロキは天使みたいだね」

「天使は赤いハーフパンツなんか穿《は》かないよ」

「そういう天使も、たぶんいるよ。世の中広いもん」

「世の中って、広いの？」

「会いたくないひとには会わずに済むくらい、広いと思うよ」

「ツキヨの世の中、ゆっくり教えて」

真顔でそう言われ、鼻の奥が引っ掻かれたように痛む。自分の過去を語るのはまったく抵抗がない。五分もかからず今にたどり着いてしまうだろう。

だけど――

ツキヨの知る「世の中」を教えてと言われたら、どれだけ時間があっても永遠に説明できぬような気がするのだった。自分がヒロキに「世の中」を説明するとき、すべて作り話になる。作り話は嘘だから雪のように簡単に積もってゆく。嘘を本当にするために、途方もない時間が必要になる。

「広くて広くて、教えるのは難しいかも」

ヒロキは邪気のない瞳で言った。

「ひとことで終わっちゃったじゃない」

会話になっているのかいないのか、とりあえず頷く。

「今日からここで寝泊まりするから、ベッドが欲しいの。ヒロキのと同じようなパイプベッドを買いに行きたいんだけど、まだお店やってるかな」

「じゃあ、買いに行こう」

人なつこい笑顔を浮かべて、ヒロキが猫を段ボールの中へと戻した。ツキヨはバッグから出した金を財布に入れて、ヒロキのあとをついて階下に降りた。

ぬるい夜風が吹いている。狭い通りをくねくねと曲がっているうちに、自分がどこにいるかわからなくなった。ひょいひょいと角を曲がるヒロキについてゆくと、ツキヨも最初からここの人間だったような気がしてくる。学校帰り、親の目を盗んで友人の家に寄るような高揚感だ。

ツキヨは角を曲がるたびに「歯ブラシ」「歯磨き粉」「タオル」「布団」「枕」と、買いそろえるものを増やしていった。

4

午後二時――起き抜けに飲む水はいつもぬるい。ヒロキはもう部屋にいなかった。

洗面台とトイレと後付けらしき簡易シャワーはあるものの、二階部分には台所がない。冷蔵庫も台所も、万次郎のところに集中している。なにか食べたり飲んだりしたいときは「暗い日曜日」に行かねばならない。

ツキヨが裸で部屋をうろついても、ヒロキからはなんの反応もない。裸のツキヨにひょいと猫を預けて部屋を出て行くこともあった。

ここは住居用のフロアではない。越してきてから気づいたことはまだある。二階の窓の内側には、陽光を遮断する木の扉がついていた。壁と同じ灰色の扉を閉めれば、部屋はすぐに夜になった。ツキヨは木の扉を見つけた日、ヒロキに「階下が『暗い日曜日』ならば、ここは『暗くできる日曜日』だ」と言った。ヒロキは笑いながら「ほんとだ」と頷いた。自分では閉めたことがないという。

「ツキヨは発見するのも得意なんだね。言われるまでこれが木のカーテンだなんて気がつかなかったよ」

木のカーテンという言葉が面白くて、その日は小一時間カーテンの話をしていた。ヒロキは答えの出ない話が大好きで、ツキヨと話し出すと砂粒みたいなちいさな話題がいつの間にか世界征服の話になっていたりする。カーテンの話題の最後もなぜか、リップクリームが肌に合わず唇の皮がむけた話になっていた。

ツキヨは夜明けの少し前まで、眠くならない。二十代の初めにはもうそんな生活になっていた。夜明けの遅い島にやってきたとき、太陽が自分にすり寄ってきたような嬉しさがあった。ヒロキは階下からなかなか戻って来ない日もあったし、ツキヨとふたりで一緒に二階へ上がる日もあった。万次郎は相変わらず「暗い日曜日」から外には出なかった。

洗面室のドアを開けると、まだシャワーを使った気配が残っている。ヒロキが部屋を出てからそう時間が経っていないらしい。

今日になって改めて、ツキヨは手の届くところに冷たい水も酒もない生活を、不便なようで案外贅沢なものかもしれないと思った。幼いころに観たテレビやディズニーアニメで、お姫様の部屋は生活のにおいがまったくなかったのを思い出したのだった。ベッドのそばに冷蔵庫もなければ、無断で部屋に入ってくる男もいない。乙姫様にはなれなかったが、ここならばお姫様みたいな暮らしはできるかもしれない。

ツキヨの思うお姫様のハードルは低く、そのことに気づいてひとりへらへらと笑った。

午後三時前後と午後九時前後の食事は、万次郎が寡黙なせいか儀式めいた気配が漂った。

相変わらずヒロキが調達し、手を加えるものは万次郎が店の台所を使って調理する。ツキヨはいつもお客さんで、結局まだ南原から預かった金でふたりのための食事を作っていなかった。

会話のきっかけはいつもヒロキの陽気なひとことだ。シンプルなパスタやフルーツ、ジンジャービアやトマトジュース、ときどき罰ゲームみたいな青汁が挟み込まれる。突然滑り込んできたツキヨを交えて、万次郎もヒロキも当然のような顔をしている。この建物にある引力は、万次郎のようでいて実はヒロキの好奇心と名前のない猫が支配しているのではないかとツキヨは思う。

洗面台で新しい歯ブラシを使って歯を磨く。起き抜けに歯を磨く生活なんて、したことがない。四隅に黒い黴《かび》が入った鏡に映る女は、髪の艶《つや》もなければ血色もよくない。

ツキヨはまだヒロキのにおいが残るシャワー室で頭からお湯を被った。頭皮の日向《ひな》たくささにうんざりしながらシャンプーを泡立てる。体のパーツをひとつひとつ丁寧に洗っていると、次第に靄《もや》がかかった頭の中も晴れてゆく。

新しいバスタオルで頭から足の先まで拭うと、一気に体が軽くなった。無理な姿勢で男と交わることもなくなったので、内股や関節の痛みもほとんどない。眠って起きるたびに、どんどん体が自分の元へと戻ってくる。ここはまるで、ふらふらと迷い込んだ山奥の湯治場みたいだ。

ツキヨはベッドの脇に戻り、バッグの中からドライヤーを出した。もう十年以上使っているトラベル用の安物だ。温風と冷風の強弱しか能がない。最近、冷風に切り替えが利かなくなったのと、使うたびに焦げたにおいがするのでそろそろ替え時なのだろう。バッグの中の財布には、南原から預かった金が入っている。ベッドや日用品を買いそろえたあとは、減っていなかった。

ショーツを着けて鏡のところへ戻ろうとしたところで、ヒロキが戻ってきた。おはよ、と片手をあげてすたすたと間仕切りの向こう側へ向かう。ツキヨが綿のワンピースを頭から被ってすぐに、部屋に別の人間が入ってきた。南原だった。

ツキヨをちらりと見た南原の目は、初めて「竜宮城」に現れたときとも、国際通りで会ったときとも違った。南原は今日も黒いポロシャツにベージュのハーフパンツ姿だ。尻のポケットにはたっぷりと金を入れた財布がある。財布の重みでパンツがずり落ちそうだ。会釈も言葉を交わすこともなく、南原が間仕切りの向こうへ消えた。

ツキヨは、南原と面識のあることを黙っていてもいい——黙っていたほうがいいのだ、と直感し、化粧道具をベッドの上に上げて隣の様子を窺《うかが》った。

ヒロキが胸のあたりに猫を抱いて、衝立から顔を出す。ヒロキに抱かれているときの猫は、安心しているのか今日も眠っている。

「ツキヨ、この子をお願い。ご飯は万次郎先生のところに届けてあるから」

「ヒロキは？　一緒に食べないの？」

　視線を間仕切りの向こうに泳がせ、訊ねた。ヒロキは眉を下げて諦めの表情を浮かべ
「うん」と頷いた。この場で南原のことを説明する気はないようだ。ツキヨは受け取った猫をそっとベッドの上に置いて、洗い髪をクリップでひとつにまとめた。間仕切りの向こうにいるヒロキに、二階にいてもいいのかどうか訊ねかけてやめる。ツキヨに猫を預け、ご飯も下にあるということは、ひとまずこの部屋から出ていてくれということだ。

　猫を抱き上げた。見た目よりずっと軽い。抱けば、名前のないことがひどく頼りないことのように思えてきた。いいかげん、名前をつけてあげたほうがいいのだろう。「猫」だけでは波に漂う海藻と同じだ。

　タオルを一枚と猫一匹を腕に抱いた。ベッドから一歩離れたところで、部屋に南原の声が響いた。

「背中、見せてみろヒロキ」

　Tシャツを脱ぐ気配のあと、南原が笑い出した。からからに乾いた笑い声は、少しも愉快そうではない。怒り混じりの声で彼が言った。

「俺に黙ってこんなもん彫っちゃ駄目だよヒロキ。なにがモナ・リザだ。お前、ろくに

中学も通わなかったろう。塀の落書きしか描いたことのないお前がダ・ヴィンチとは、笑わせるよ」

少し間があって、ヒロキが小声で謝った。

ごめんなさい――

「一生消せないってことも考えられないほどの馬鹿だったとはな。まったく、お前の馬鹿さ加減には呆れてしまうよ、ヒロキ。言いつけひとつ守れないガキなんぞ、俺には必要ないってこと忘れちゃ駄目でしょう」

ごめんなさい――

「謝ったところで、消えないよ、これは」

南原はそこだけゆっくりと言い放つ。直後、ぴしりと肌を打つ音が響いた。ツキヨは音をたてぬよう、そっと階下へ降りた。

赤いドアを開けると、万次郎がカウンターの中に立っていた。

「ヒロキが、先に食べてって言ってた」

万次郎は軽く天井を見上げたあと、ドリップポットに水を入れ火にかけた。紙製のランチボックスが三つ、カウンターに並んでいた。万次郎は南原が二階に来ていることを知っているのかどうか。

「冷めないうちに食べろ」

万次郎の声がするりとカウンターに滑ってくる。そして壁から、並んだ瓶から、視界にあるものすべてから響いてくる。

「万次郎先生、いい声だよね。喉に楽器があるみたい」

ツキヨは自分の拙《つたな》い言葉を笑いながら彼の声がいかに心地いいかを伝える。万次郎がツキヨの賞賛に反応することはない。

ランチボックスを開けると、ハンバーグとバターライス、ポテトフライとブロッコリーが並んでいた。彩りに、赤がない。お店がミニトマトを入れ忘れたんだろう。

「ヒロキ、冷める前に来るといいのにね」

万次郎はカウンターに落ちるダウンライトの円に、ツキヨの分のコーヒーを置いた。ポテトフライをひとつ口に放り込む。生乾きの髪から、安いフローラルの香りがした。

店内には弦ものの音楽が流れていた。いつか聴いたことがあるけれど、どこでだったのか思い出せない。割り箸でハンバーグを切り分けながら、万次郎に訊ねてみた。

「これ、なんの曲だったっけ。思い出せない」

万次郎は箸を休める様子もなく、短く「ゴッドファーザー」と答えた。

「思い出した、田舎の暴走族がよく改造クラクションで鳴らしてたやつだ」

「ニーノ・ロータは天才だから」

「誰、それ」

「これの作曲者」

「あたし、こんなふうに静かに音楽を聴いたことないの。ゆっくりご飯食べながら、いい音楽を聴くって、なんだか贅沢だね」

「旨い飯も音楽も、生活の上の棚に置いておくのは難しいんだ」

どういう意味かと問うと、万次郎はひと呼吸置いて「娯楽だから」と言った。ツキヨは娯楽の意味がよくわからず、曖昧に頷いた。流れる曲がどんどん哀愁を帯びてくる。つられてツキヨももの悲しい旋律が心地よくなってくる。店内は扇風機が送る頼りない風のなかで、万次郎好みの音楽に浮いている。

ランチボックスが空になっても、ヒロキは現れない。耳にはまだ、南原がヒロキの肌を打つ音が残っている。膝にのせた猫がごそごそと動き出した。

猫を抱くと、また安心したのかおとなしくしている。全身がバネのはずなのに、この子はツキヨの胸を蹴って興味のあるほうへと飛び出して行かない。誰の腕に抱かれているときも、そこがいちばん心地いいような顔をしてまどろんでいた。

コーヒーを飲み干したところで、ドアが開いた。放射状の光の根元に南原がいた。

「よう、元気そうだな」

視線は万次郎に向けられている。ツキヨは猫をベッドに移し、カウンターの上を片付けた。店を出て行くタイミングをはかるはずが、猫を抱きベッドの端に座ってしまったあとは立ち上がれない。いま不用意に店の中を動けば、南原の目がこちらに向きそうだった。

いつもヒロキが座っている席に腰を下ろした南原は、ヒロキの分の食事を平らげると、煙草を取り出し火を点けた。灰皿を慣れた仕種で引き寄せる。コーヒーショップでの会話を思い出せば、南原がここに出入りしているのは明らかなのに、ツキヨの頭の中では三人がうまく繋がらない。南原は煙草の煙を勢いよく二度吐いたあと、煙に似た声で諭すように言った。

「お前、もう道具は出すな。お前はブラック・ジャックなんかじゃない。ただの万次郎なんだよ」

「名付けたのはあんただろう」

「そうさ、海から流れ着いたジョン万次郎。恰好いいじゃないか。なんだ、気に入らなかったのか」

「好きに呼べばいい。俺にはもう名前なんぞないんだから」

「だからこっちは、名前がないならないなりに静かにしとけって言ってんだ。お前がおかしなところで道具や腕をひけらかしたおかげで、こっちはまた面倒がひとつふたつと増えてんだよ。どこで誰が聞きつけるかわからないんだから、死んだふりしとけよ」

「金づるに向かって、それはないだろう」

「なに寝ぼけたこと言ってる。女で下手うってヤブ医者呼ばわりされたまま逃げてきたくせに。金の管理ができないお前さんを立派な金づるにしてやったの、俺だってこと忘れないでほしいね」

ツキヨは抱いた猫と一緒に身を縮めた。せめて意識だけでも彼らから遠いところへ離そうと、音楽に耳を預ける。店内には、重層的な弦の音が悲しげに流れていた。長い沈黙のあと、スツールが角度を変えた。

「やあ、ツキヨちゃん」

顔を上げ南原を見る。ヒロキを打った音を思い出し、身構えた。立ち上がった南原が両手を腰にあて、戦隊ヒーローのようなポーズで店の真ん中に立った。

「元気そうだね、おじさん嬉しいよ。新しいベッドの寝心地はどうだい」

「ありがとう、お久しぶり」

殴られるときは全身の力を抜いたほうがいいのだ。言葉より先に手の出る男から得た教訓だった。音楽が途切れ、次の曲へと変わる。

南原の視線がカウンターに戻った。

「音、ずいぶん悪いな。いいアンプが泣いちゃうよ」

万次郎がアンプの調整を始めた。南原は舌打ちをしながらまたツキヨに向き直る。

「『暗い日曜日』は、いい音で聴きたいよねえ」

「お店の名前と同じ曲？」

「そうそう。ここの店のオーナーは、実はこの南原さんなんだよ、ツキヨちゃん」

そっとカウンターを見る。万次郎はこちらに背を向けてアンプの針を覗き込んでいる。抱いた猫がどんどん温かくなってゆく。

「ここね、昔は俺がやってたお店なんだ。二十年くらい前は、いっぱいお客さんが入ってね。日本人もアメリカ人も、たくさん。品のいい店として大人気だったんだよ。二階には、とびきりの女の子を住まわせたりして。女の子たちみんなに、きれいなタトゥー入れてね、華やかだったよ」

穏やかな口調は変わらない。流れている薄暗い曲が店と同じ名前なのかを訊ねているのに、ちっとも答えになっていない。

「ツキヨちゃん、その猫、なんて名前？」

「知らない」

「いつまで経っても食が細いって話だが」

食が細いなんて知らなかった。猫のいる暮らし自体が初めてだ。ミルクを舐《な》めさせ、猫用フードも、与えている量でいいものと思っていた。

「あいつもね、昔はとってもちっちゃかったの。あんまり食べないし外で遊びもしない。田舎のおばあに預けたら元気になったけどね」

けれどね——

南原の口調が更に柔らかくなる。ツキヨは猫のあばら骨を折ってしまいそうなくらいきつく抱きしめる。

「背中にあんなお絵かきしちゃ、駄目ですよ。万次郎先生にも困ったもんだ。いくら本人がやってくれって言ったって、俺になんの相談もなくモナ・リザだって。先生は、親父さんが習わせた絵も、プラモデルの技術も、お習字もピアノもドラムも、すべては歯医者としていい技術を身につけるためだったってこと、忘れちゃってるのかもしれないねえ。まったくこの世は親不孝の連鎖ですよ。ツキヨちゃんも、あんまりいい子じゃないね。南原さんにはなんでもお見通しなんだよ」

南原はますます得意げな顔で店内を見回した。壁に貼ってあるモナ・リザのコピーをしばらく眺めたあと、鼻を鳴らした。

「ヒロキの背中、見た？」

「きれいだったと思います」

「きれいはいいんだけどさ、あのままじゃあ、浜に上がっても、エイリアンの垂らしたよだれでも使って溶かしておかないと、身元がすぐにわかっちゃうよね」

「ヒロキを、殺したの」

南原が「まさか、たとえばの話ですよ」と、擦《かす》れた笑い声を響かせた。

「まあ、もう少しおとなしくしてろっていうだけの話。ヒロキがあの背中をあちこちで見せびらかしたり、ちょっとばかり腕がいいからって、『竜宮城』の乙姫様たちがすぐにここまでたどり着けるようじゃ、万次郎先生を匿《かくま》っている俺の心遣いも意味がないからね」

南原はそう言うと、くるりとツキヨに背を向けた。そのあとはステップでも踏むような仕種で、流れる音楽と一緒に店を出て行った。

ツキヨは生乾きの髪を乾かすことを理由に、猫と一緒に二階へと上がった。部屋は静かだ。南原の体臭が残っている。部屋を突っ切り、半開きの窓を大きめに開いた。振り向けば、ベッドにうつ伏せになったヒロキがいる。背中から腰にかけてタオルケットが一枚掛けてあった。ハーフパンツとTシャツはベッドの足下に落ちていた。

ヒロキの着るものを拾い、軽く畳んで彼の足のあたりに置いた。背中が上下している。死んではいない。モナ・リザがこちらに向かって薄笑いしていた。

ほっそりとした脇腹のあたりに猫を下ろした。ただ眠っているだけだと思っていたが、ヒロキのにおいがわかるのか、投げ出したご主人様の腕を乗り越え、顔の近くまでたどり着いた。微笑みを背負った青年に寄り添う灰色の猫が美しくて、いっとき見とれた。

「ツキヨ？」

ヒロキが首だけ動かした。ツキヨを探している気配だが、瞼が腫れて塞《ふさ》がっている。頬も膨らんでいた。ツキヨは、殴られたばかりの頬が青白いことを知っている。この先は熱をもって皮膚が張り、鼓動のたびに痛む。頬は早く冷やしたほうがいい。美しく青い目の玉に、傷がなければ大丈夫。

ヒロキは、どこからも血を流していなかった。口を切ってもいないし、鼻血を出してもいないようだ。柔らかな皮膚だけに打撃を与えられていた。人を打つことに慣れた、容赦を知っている嫌な掌を思った。

猫がヒロキの顎のあたりでキュウキュウと鳴いた。ツキヨは自分のバッグから、新しいタオルを出して洗面台で水に浸した。あまり冷たくならないのが残念だ。腫れを引かせるほどの水は、ここでは冷蔵庫か自販機からしか出てこない。

軽く絞ったタオルをヒロキの瞼にのせた。

「体は、痛いところない？」

「おしり、ちょっと痛い。乱暴は嫌いだよ」

「ちょっと待ってて。薬局で軟膏《なんこう》と湿布買ってくる」

「いいよ、すぐにおさまる」

「口の中、切れてないの？」

「うん、力抜いてたからね」

寄り添うように丸くなっている猫にヒロキのことを頼んで、ツキヨは財布を持って外に出た。殴られるときは体の力を抜くということを、ヒロキはどうやって覚えたのだろう。

男に殴られているあいだ、ツキヨは努めて空の青さや月の白さや土のにおいやアゲハチョウを思い浮かべた。殴られているあいだ殴っている男の顔を思い出してはいけない。思い浮かべたらそこから、ひとを恨んでしまう。

外に出てすぐに、髪をほどいた。頭を振って手ぐしを入れる。この分ならすぐに乾きそうだ。

生活用品のほとんどを賄《まかな》っているドラッグストアの棚から、傷薬の軟膏とストレッチのきいた湿布薬、簡易保冷剤をカゴに入れた。人で溢れる店内には、さまざまな言語が充満している。

財布の中身を気にせずに、ヒロキに飲ませるゼリー飲料や栄養剤を手に取った。財布には南原から受け取った金が入っている。この金がヒロキの薬代込みだったとは。南原と面識があることを、万次郎に知られてしまった。このあと自分は、万次郎とヒロキからどう思われるのか。大きく変わるのかなにも変わらないのか。

ドラッグストアの棚に、ラベンダーとクラリセージ配合のマッサージオイルを見つけた。

三千円か――

業務用だと似たようなものがタンクで手に入る。保険証を持たない自分が病院へ行くのをためらう理由に納得し、二百ミリリットル入りのものを一本購入した。

部屋に戻ると、ヒロキは仰向けになっていた。顔の腫れはさっきよりひどくなっていた。早く冷やさなくては今夜眠れない。ツキヨは洗面台とベッドを何度か往復し、ヒロキの体を頭から足のつま先まで拭った。背中と尻のあたりは特に、力を入れぬよう気をつける。

おとなしくツキヨにされるがままになっているヒロキの腕や脚には、細いがしなやかな筋肉がついていた。つるりとしすぎていて女の子のような肌だ。猫の段ボールから、紙を引っ掻く乾いた音がする。

「ねえ、どうしてさっきあたしに猫を預けたの？」

「お母さんも、そうしてたって聞いたから。自分が泣いたり痛い思いをするとき、好きなものをそばから離したって。もう顔も覚えてないけど、そのあいだはずっとおばあが抱っこしててくれた」

「お母さん、どこにいるの」

「もう生きてないって」

「生きてないって、誰から聞いたの。おばあから？」

「南原さん」

南原とはいったいどういう関係かと問うた。話の流れで自然と口をついて出たものの、答えを聞いて訊ねたことを悔いた。

「あのひとが、お父さんなんだって。よくわかんないけど、そう言ってた」

義父が嬉しそうにツキヨの太股を舐めていた光景が脳裏を過《よ》ぎった。殴りながら息子を組み敷く男も、花を愛《め》でるように義理の娘の体を開く男も同じ「おとうさん」だ。

ヒロキのちいさな顔は、湿布を二枚貼りつけると鼻で息をするのが精一杯だ。膨れあがった尻の穴に軟膏を塗るとき、ヒロキの体がほんの少しよじれた。痛いとは、一度も口にしなかった。

仰向けに寝かせ、しばらく目を瞑っていなさいと言うと、湿布がいっぱいでミイラみたいになった顔でちいさく頷いた。タオルケットをめくり、右の脛《すね》とふくらはぎからアロマオイルをたっぷりつけてマッサージを始めた。つま先から少しずつ、体の力が抜けてゆく。

「痛いところがあったら言ってね。眠ってくれたらすごく嬉しい」

「ツキヨ、すごく上手いね。どうして?」

「こういう仕事してたことあるの。リラクゼーションマッサージ。最初はいいお店で研修受けたんだけど、お店を替わっているうちにだんだん変なことするようになったよ」

ヒロキの腹が笑いで上下する。ツキヨも笑った。太股にくっきりと残る指の痕を避けながらリンパを流してゆく。施術のときの緊張感がツキヨの掌に舞い戻ってきた。

うつ伏せにして、モナ・リザのこめかみに触れるころ、静かな寝息が聞こえてきた。

九月の故郷に吹く、爽やかさを少し過ぎた秋風を思い出した。母はまだ生きているだろうか。義父の両足が揺れるのを不思議な気持ちで見ていた母娘はあの日、それぞれの体にさびしい風を吹かせた。十月、例年より早い初雪が積もった朝、義父は自ら命を絶った。白い屋根と鉛色の空と、揺れる義父と、快楽との別れを見た朝だ。

真夜中、トイレの水を流す音で目覚めた。ヒロキがツキヨの足下を横切ってゆく。ツキヨは起き上がり、ゼリードリンクを袋から出してヒロキのベッド脇に立った。ぺたぺたと、ビーチサンダルの音が床から跳ね返ってくる。

ツキヨが渡したゼリードリンクをふたつ平らげたヒロキは、窓から入り込んでくるいくつもの足音をBGMにしてつぶやいた。

「背中に先生の好きなモナ・リザがいれば、僕に優しくしてくれるかもしれないって思ったんだよね」

相づちなど求めていない。心と体を癒やすために、夜に話しかけている。ヒロキが口を開く夜空に、ぽっかりと浮いているのがツキヨなのだ。

青年の純粋な恋心は、野暮な男にはなかなか伝わらない。父親が自分にとってどんな存在なのか感覚的にも経験的にも判断できないヒロキは、南原にされてきたことすらうまく理解できないのだった。

ヒロキが好いた男は、沖縄で「万次郎」と呼ばれる前、歯科医師きょうだいの末っ子として、別院を一軒任されていたという。

「本院のほかに、いくつもあったみたい。万次郎先生、働いてた女のひとと付き合いながら別のひとと結婚話を進めていたんで、女のひとがちょっと怒っちゃったんだって」

「怒るよね、それは」

女がみんな物わかり良かったら、さぞつまらない世の中だろう。ツキヨは長らく怒ることを忘れているが、万次郎に怒りをぶつけた女はまっとうだ。

「ネットでいろいろ悪い噂を流されたみたい。歯医者さん殺すのに、刃物は要らないんだって。このままじゃあ本院まで駄目になるっていうんで、南原さんが島につれて来て死んだことにしてるみたい。何年か連絡しなければ、本当に死んだことになるって笑ってた」

「誰が言ってたの、そんなこと」

「万次郎先生」

そうか──万次郎から漂ってくる諦めの気配は、彼が吸い込む酸素の薄さだった。

「南原さんは、万次郎先生とどういう関係なの」

「昔世話になった家だったらしくて。先生はそこの息子だって」

それにしてはぞんざいな口の利き方ではなかったか。

ヒロキは今ごろあちこち痛んできたのか、膝や背中の骨をさすっている。ツキヨは外から入り込む明かりを頼りに、彼の顔を覆っていた湿布を貼り替えた。

せっかくの青い目が濁りませんように。できるだけ早くこの腫れがひくよう祈った。

「ツキヨ、ありがとう」

「どういたしまして。困ったときはお互いさま。ヒロキはいつもあたしに良くしてくれる。叩《たた》かれるのわかってて下に降りちゃってごめんね」

ヒロキはゆるゆると首を横に振った。

「あんなところ、ツキヨに見られたくないし。さっき、鏡見てびっくり。こんな顔、万次郎先生にも見られたくないいな」

「殴り慣れたひとって、ものすごく上手いよね。ヒロキ、痛いだろうけどどこからも血が出てなかった」

「本当だ。そうか、南原さん殴るの上手いんだ」

「うん、上手いと思う」

「ツキヨも誰かに殴られたりしたの」

「好きなひとだったから、とても困ったの」

「それは困るよね」

ヒロキがとても気の毒そうにつぶやいた。

5

夜半から続く大粒の雨と強風は、昼を過ぎても一向に止む気配がなかった。家こそ揺れないが、ときおり窓が割れるのではないかという音がする。

「お腹すいたな」

ヒロキの声が、内窓を閉めた部屋の壁に響いた。顔の腫れも打撲の痕も、ほぼ消えている。万次郎がここから出ないわけも、ヒロキが彼のそばを離れないことも、ツキヨなりに納得した。なるほどという言葉は安心への近道だ。そのひとことで、すべてが腑に落ちる。

なるほどとひとつつぶやけば、不安はみんな箒《ほうき》で掃いたように姿を消してしまうのだ。

南原はヒロキに暴力を振るってから、毎日のように店に現れ食事を置いていった。長居をするわけでもなく、人気店のランチボックスや総菜屋の豚肉料理、オードブルや三人では飲みきれないほどのコーラやビール、ケーキやお菓子をカウンターに置いてすぐ帰るのだ。

ツキヨは彼の思いをはかりかねた。毎日の届け物は、息子への罪ほろぼしかと思ったものの、そのヒロキに対しては一向に態度が変わらないのだった。顔が腫れているあいだ、店で鉢合わせをすれば、ヒロキだけではなくツキヨも軽く震えた。ヒロキを守るように立ちはだかればなんとなくこの場の役どころを演じているような心もちにもなった。万次郎だけは何もせず何も言わない。やはりここではみな自分の役があるのだった。

「さすがにこの天気じゃ、南原さん届けてくれないよね」

「山のようなタコライスは、きついよ」

ヒロキが笑った。ツキヨも「あれはきつかったね」と返した。いったい何人分あったのだろう。オードブルの容器に、冗談にしては多すぎる量のタコライスを見たとき、しばらく「食べ物」だと思えなかったくらいだ。

階段でもふたり手を繋いで、飛ばされぬよう気をつけながら階下に向かう。それでも、店に入るころには全身ずぶ濡れだった。

ツキヨは二枚持ってきたバスタオルの一枚をまずヒロキの肩にかけたあと、もう一枚を頭に被り水気を吸い取った。

「ひどい降りだな」

「二階は、窓が割れそう」

さすがに今日は南原からのランチは届いていない。万次郎がパスタを茹《ゆ》で始めた。どういう理由なのか、最近は歯医者の客もタトゥーの客もあまり出入りしなくなった。ひとがやって来ない「暗い日曜日」は、万次郎を閉じ込めておく檻《おり》に戻り、ドアが開いていても彼はここを出ない。

万次郎が、手早く作ったペペロンチーノを皿に取り分ける。ツキヨがなにか手伝おうか、と言う前にほとんど出来上がっていた。皿が二枚、カウンターに差し出された。すぐに、缶ビールが一本ずつ出てくる。ツキヨもヒロキも、どこか甘い雨のにおいを体にまとわせたまま、万次郎の作ったペペロンチーノを腹に入れた。

ドアに何かぶつかる音がした。雨音の向こうへと跳ね返る。ポリバケツだろう、と万次郎が言った。ツキヨは大きなバケツに入った南原がごろごろと道を転がっているところを想像する。気分は良くも悪くもない。ツキヨの想像の中で、南原は息をしていなかった。誰もそんな想像をするツキヨを懲らしめには来ないので、安心して転がし続ける。放っておくと本当にどこまでも転がってゆきそうだ。

この毎日がもしも生活と呼べるものなら、それは南原からの援助があって成り立っているのだが、ツキヨは想像のなかにバケツの行き止まりを作らなかった。南原が雨の中を果てしなく転がってゆく。バケツの中の顔が、覚えているものおぼろげなもの、さまざまな男たちへと変化しては南原へと戻ってゆく。ヒロキの顔を砕くぎりぎりのところで変形させる、ふくよかで残酷な掌を思い浮かべた。

万次郎がビールの空き缶をくずかごに放った。アルミ缶同士がぶつかり乾いた音がする。軽くてすかすかで安心できる。

「台風はいつ抜けるのかな」

「明日いっぱいっていう話だな」

万次郎が見たことのないパッケージから煙草を一本取り出した。

「ねぇ先生、晴れたらどこか行きたいね」

建物に反響する雨と風の音が、ツキヨの体を通り過ぎてゆく。いちど来たら、気の軽い男と同じで、台風は次から次へとやってくる。

「台風が抜けたら、久しぶりにおばあのところに行こうかな」

ヒロキがぽつりとつぶやいて、万次郎が顔を上げる。薄暗い店にぽっと光が灯《とも》る。

「台風が来るたびに、おばあが吹っ飛んでないかどうか考える」

「家が吹っ飛んでたら、死んでるかもよ」

「そしたら、おばあが死ぬところ見なくて済むね」

いつもの、ぐるぐるとした会話が始まる。普段はツキヨとヒロキのやり取りに口を挟むことのない万次郎が、珍しく頷いた。

「行ってこいよ。すぐ近くなんだから。生きてるかどうかくらい、確かめておけ」

胃のあたりに、とぷんと音を立てて重たいものが落ちた。ツキヨは自分が何を飲み込んだのかわからず、慌てて口に唾液を溜める。もういちど飲み込むが、余計に曖昧になるだけだった。

「ヒロキのおばあ、奥武島だっけ」

「うん」

まだ観光客だったころに行ったことがある。グラスボートで間近に南の魚を見て、もずくそばを食べて、ビーチで遊んで、鍾乳洞《しょうにゅうどう》を見て——男を見つけて。あのころの日焼けは、そのままいくつかのシミになって今もツキヨの頬に残っている。

「いいところだよね」

南の人間も北の人間も、そこに生まれ落ちたことの自慢と不満を捻《ねじ》れさせながら生きている。どこに行っても旅の人間なのに、いつかどこかに落ち着けると信じている。

——どこから来たの？

——北海道のはずれ。

——いいところじゃないか。

決まりきった出会いの挨拶には「行ったことないけど」のおまけがついた。

——雪、降るんだよね。

——ええ、降りますよ。

ああ、南原もそんなことを言ってツキヨの視線の在処を探っていた。そもそも小路に歯医者がいると言ったのは彼なのに、ツキヨが探し当てたことで文句を言うのはおかしい。声を大きくしたところで、南原に届くとも思えない。しかし、とツキヨは考える。どうしてこうも、万次郎とヒロキは彼に従順なのだろう。

金か――ツキヨは自分の財布を思い出す。厚みのぶん後ろめたさが過《よ》ぎった。つと、段ボールの中にいる灰色の猫を思った。自分たちも、生活のすべてを南原に預け、毎日檻の中で寝起きをして、餌《えさ》を食べる。檻の入口は開いているけれど、自分たち小動物には行動半径があって、滅多にそこから出ないし出ようとも思っていない。

いつか古い男が、ハムスターは二十四時間寝る間も惜しんで「逃げる」ことだけを考えていると言っていた。逃げたいやつをケージに入れておくために、無駄に疲れるようホイールを与えておくのだという。

彼にとって、モルモットはつまらない生きものだった。

――やつら、逃げないんだ。飯食って糞《クソ》して、敷き藁《わら》囓って、毎日ぼけーっとしてる。飼うならやっぱり、逃げたがりのハムスターだ。そうじゃないと、飼ってるって気がしないだろう。

ツキヨは「暗い日曜日」に棲《す》む自分たち三人は、ハムスターでもモルモットでもない、捕食可能なウサギではないかと思った。食べさせてもらっている代わりに、いつか食用になる生きものだ。等価交換、の文字がパチンコ屋ののぼりのイメージで浮き上がった。

それにしたって――ヒロキの猫はあまりにおとなし過ぎやしないか。

「猫、怖がってないかな、二階で」

「ああ、連れてこようか」

「またずぶ濡れになるよ」

「脱いで行けばだいじょうぶ」

ヒロキはそう言うと、Ｔシャツを脱いで万次郎のベッドに放った。湿った布がばさりと落ちる。ビーチサンダルで二度三度足踏みをしたあと、「よし」とヒロキがドアから飛び出した。

ドアが閉まると一瞬室内の音がすべて遮断された。左のこめかみに痛みが走り、思わず目を閉じる。

「どうした」

「ちょっと頭痛」

抜いたところはどうだと訊ねられ、もう痛くないと答えた。

「一本抜けば歯並びも変わる。新しい環境に適応するために、毎日歯の位置が違う。嚙み合わせひとつで、全身が痛くなる」

生きてるんだし仕方ない、という言葉がこれほど乾いて響く男もいなかった。

「万次郎先生は、本当に死んだことになってるの」

「死んだことになってるんじゃない。死んでるんだ」

「いるじゃない、ここに」

ヒロキがバスタオルに包《くる》んだ猫を抱いて戻って来た。雨に打たれた背中のモナ・リザが幾筋もの涙を流していた。

いつまでも二階に上がるのをずるずると引き延ばしている台風の夜だった。流れる音楽もずっとリピートしているので、いつの間にか鼻歌で合わせられるようになっている。台風が去るまで、ずっとこうしていられそうな気がしてきて、ツキヨの呼吸もいつしか深くなってゆく。

「ちょっと横になる」

猫をお腹に置いて、万次郎のベッドに寝転んだ。サンダルを両足から振り落とす。腹の上の猫は相変わらず爪を立てることもせずくるりと丸まって静かだ。

「ヒロキ、猫にご飯あげた？」

「なんかね、食べなかったんだよ」

「いつから？」

「昨日かな、一昨日かな」

「それって、病気じゃないの？　水も飲まないの？」

「お水はちょっとだけ」

起き上がり、改めて灰色の生きものを見下ろした。ベッド脇にある、彫りもののときに使うライトを点ける。見かけよりずっと軽い。よく見ると、毛艶が失われているような気がする。ツキヨは万次郎を呼んだ。

「元気ないの、なんとかならない？」

「俺は獣医じゃない」

「医者は医者じゃない、ちょっと診て」

万次郎がバスタオルの上に寝かせた猫の、目から口の中、首のあたりや関節や腹を診る。とりわけ、腹のあたりで時間をかける。生きることに興味を失った男が、猫の体に健やかさを問うていた。ヒロキが、もう自力で排泄《はいせつ》ができなくなっていると言った。万次郎は猫をバスタオルに包んだ。

「もう、もたない」

ツキヨの裡には、どんな感情も湧いてこなかった。そうか——自分のつぶやきに促されて猫を抱き上げた。

「じゃあ早く名前をつけてあげないと」

ご飯をあげなくちゃ、という軽やかさで、ヒロキに猫を抱かせる。

「ヒロキ、この子もう死んじゃうんだって。だから名前つけてあげなくちゃ」

「うん。どんな名前がいいだろう」

「ランコさんじゃ駄目かな」

ツキヨの母の名だった。この先長くもたないことが、猫が持つ運命だとしても、思い出した名前が実母のそれということは、ツキヨにとっても驚きだった。

「ランコさん、あとどのくらい？」

ヒロキが万次郎に訊ねた。

「もって三日」

「そんときはもう、台風抜けてるよね」

「どうして」

「死んじゃったら、埋めに行かなきゃ」

死にかかってはいるが、まだかろうじて息はしている。そんな状態で埋めることを考えるのは、ヒロキ流の優しさなのだった。

ツキヨや万次郎が亡骸《なきがら》になっても、ヒロキはこのままの表情で「埋めに行かなきゃ」と言う気がしてくる。あたふたと騒がずに埋めてもらえるのなら、こんないいことはない。死んだら埋める。埋める場所を死ぬ前に考えておくことには、なんの無駄もない。

「どこがいいだろうね」

ランコさんの前足がもぞもぞと動いた。


台風が去った翌朝、ヒロキに肩を揺すられ目覚めた。

「ツキヨ、ちょっと来て」

窓辺に行くと、ベッドの上にランコさんがいた。両手両足を祈るように合わせ、横たわっている。

「明け方、いちど大きく伸びをしたの。そのあとしばらく痙攣《けいれん》して、静かになった」

冷たくなったランコさんをバスタオルに包んだ。くにゃくにゃとした彼女はもうおらず、痩せた体に不釣り合いなでこぼこの硬い下腹ばかりが目立った。

ランコさんの亡骸は、動いていたころよりずっと白に近い。

万次郎が言ったとおり、おかしいことに気づいてから三日目の朝だった。

猫を数日母の名で呼んでいたことで、なにやらツキヨの心の裡に懐かしさでも憐《あわ》れみでもない、ましてや憎しみでもない感情が寄せてきた。彼女と同じ名の猫が死んだだけだというのに、不思議なことだった。

「ヒロキ、あたしやっぱりおばあに会ってみたい」

「そうだね、おばあならランコさんのために祈ってくれる」

「おばあは、祈るひとなの？」

「うん、ユタだから。生き返らせることはできないだろうけど」

肩先から首筋を抜けて、ツキヨの口をついて言葉がとろりとこぼれ落ちた。

「ヒロキのことも、祈ってもらおうよ」

さびしさも痛みもうまく表現することができない、子供の心を持った青年をうまく慰めることができなかった。ヒロキの腕を取り、ツキヨは自分のベッドへと彼を横たえる。どんな慰めの言葉も祈りも持たない自分の、これが精一杯だ。

「おんなのひととも、できる？」

うん——ヒロキは残酷なくらい無垢《むく》な青い瞳を一瞬瞼に隠して頷いた。Tシャツの裾から、そっと掌を滑らせてゆく。冷たい胸はしなやかなトルソーに触れているようだ。女を買う必要もなかった彼の今までが見える。

この肌から受ける無関心は、買われていた女にしかわからない。

「きれいだね」

ひきしまった脇腹に口づけた。くすぐったそうによじれる筋肉に影ができる。ヒロキを、唇と舌で育てたあと、そっと女の腹の奥に戻してあげた。ツキヨは青年の目元からふるりと涙がつたい落ちるのを見た。

「気持ち、いい？」

「うん、いい」

かなしい朝にできることなど、このほかには何も思いつかなかった。

「竜宮城」を出てから、男と体を繋げていない。何が変わったわけでもなかった。熟《う》れてゆく亀裂をヒロキで埋めた。ヒロキの体から悲しみを吸い取ってゆく。

寄せては返し、返しては寄せて——ツキヨの内側へとなだれ込んだ悲しみは瞼の裏でヒロキの瞳の色に変わった。

6

ランコさんを、新調したドライヤーの空き箱に入れた。

「島に、埋めに行く」

ツキヨの体を離れたヒロキは、そこから妙に前向きな言葉ばかりを並べ始め、階下へ降りるとすぐに万次郎を起こした。

「万次郎先生、ランコさんが死んだの。一緒に埋めに行ってくれないかな」

ヒロキの言葉を理解したかしないか、寝起きの万次郎は「わかった」と頷いた。

留守中に南原がやって来たらどうしよう。ツキヨは自分の顔が無残に腫れ上がるところを思い浮かべたが、痛みまでは想像できなかった。

「車を調達してくるから、ふたりともちょっと待っててね」

万次郎とツキヨを残して、ヒロキが店を出て行った。

万次郎が首をぐるりと回す。いがらっぽい喉を整えるように咳払いをしながら、立ち上がった。

「コーヒー淹《い》れる」

「うん、ありがとう」

ツキヨはランコさんを入れた箱を万次郎のベッドに置いて、カウンター前に腰掛けた。

「ヒロキの車って、どこに停《と》めてあるんだろう」

万次郎は背を向けたままドリップペーパーをセットしている。音楽も風の音もない。チーズをのせたトーストをコーヒーと一緒に喉へと流した。ツキヨはぼんやりと、体の内側へと落ちて行くトーストの行方《ゆくえ》を追う。口の中でかたちを失い、胃に届くころにはもう何を飲み込んだのか忘れている。パンを焼いた万次郎も、食べたツキヨも、買ってきたヒロキも、なにも食べられなくなったランコさんも、世の中からこぼれたところに在《あ》った。自分の胃液が何を溶かしているのか、自分たちがいったい何に溶けているのか、ここにいるとよくわからなくなる。

ふと、「竜宮城」での日々が懐かしくなった。客の口からこぼれ落ちる噂話は、手前勝手で怪しくて、無責任で無防備だった。簡単に戻れる海の底は、歓迎されるでも疎《うと》まれるでもない、不思議なところだ。ツキヨが思い浮かべられる自分の姿は、バケツの穴を塞ぐ藁だった。次から次へと補充が利く。

「どうした」

顔を上げると目が合った。うん、とひとつ頷く。それから小一時間、無言で過ごした。こちらが黙れば、自然と言葉の往来はなくなった。これはヒロキを欠いたランコさんのお通夜だ。

ヒロキが呼びに来て、ツキヨは通りに停めた白い軽四輪の後部座席に乗り込んだ。万次郎は助手席だ。ツキヨの膝の上にはランコさんが、隣にはヒロキのたっての希望で、ジュラルミンのケースがある。せっかくだからおばあの歯を診てやってくれ、というのだ。万次郎はヒロキに請われるままケースを持ち出した。東京を出て死人になろうと決めたときに、唯一彼が持ってきたという現世の「私物」だ。男がこの世に抱えた未練が商売道具だったことが可笑《おか》しくて、ツキヨはジュラルミンケースを心の中で「まんじろう」と呼んだ。

ツキヨは助手席に座る万次郎を耳たぶのあたりから顎の線、首と眺めてみる。自然光の下で見る万次郎は、乗り物酔いの旅行者みたいな顔色をしていた。

「僕、久しぶりなんだよ車の運転。なんだか楽しいな」

ヒロキはついこのあいだ南原から受けた仕打ちも、今朝方のランコさんの死も忘れてしまったように嬉しそうだ。

ツキヨは、自分たちが揃って「暗い日曜日」から出ることなど考えもしなかった。いつかヒロキが言った「ドライブ」も、南原が店にやって来たとき頭の隅から掃き捨てられていた。思わぬところで叶《かな》った三人のドライブは、ランコさんの死を抱えながらもどこかわくわくとした気持ちを連れてくる。ヒロキといると、秋空みたいな心の移り変わりが自然になって、すべてが馬鹿馬鹿しくなってくる。

空の低いところを、次々に旅客機が上昇し、別の機が降下する。故郷とは違う白っぽいアスファルトを、レンタカーが自信満々で車線変更する。ヒロキは「みんな乱暴だな、もう」と文句を言いながら安全運転だ。その穏やかな運転に感心しながら訊ねてみた。

「ヒロキ、運転上手いね。タクシードライバーでも食べていけそうだよ」

からりとした笑いが車内に満ちた。フロントガラスを、低空飛行の小型旅客機が横切ってゆく。

「それ無理さ。運転免許持ってないもん」

「流しちゃったの？」

ヒロキは「ううん」と首を振った。

「免許、取ったことないの」

どうやって車の運転を覚えたのかと問うと、南原から教わったのだという。

「運転も、船も、潜りも、ぜんぶ南原さんが教えてくれた。彼はすごいんだよ、エンジンがついたものなら何でも操れる。いつまでも海に潜っていられるし英語もペラペラだし」

ツキヨは「あ、そうなんだ」と返してから、どうやらヒロキが本気で南原の自慢をしているらしいと気づいた。精神操縦《マインドコントロール》などという、うまく説明のつかない関係を言葉の上では知りながら、それが目の前にあることに驚いている。

「すごいね、南原さん」

「うん、スーパーマンだからね」

顔を腫らしてツキヨに薬を塗ってもらっていたヒロキはもう、どこにも見えなかった。

「それぜんぶできるようになったヒロキも、スーパーマンじゃない」

「ほんと？　僕も、スーパーマンになれる？」

「もう、なってるよ」

よろよろと運転しているレンタカーをひょいひょいと避ける軽四輪は、奥武島へ向けて走った。

島に架かった橋から見る空は、浅瀬と同じくらいの青さでただ眩《まぶ》しい。久しぶりに見た海は旅行パンフレットと同じエメラルド色をしていた。

「ねえ、万次郎先生はここに来たことあるの？」

「ない。あの店から出たのも、島に来て初めてだ」

「もっと日焼けしたほうがいいよ。魚釣りして、バーベキューして、泳ごう」

「いいね。ああやっぱり僕、那覇よりこっちのほうがいいや」

ヒロキの機嫌がますます良くなる。

橋を渡りきると、てんぷら屋に並ぶ観光客の行列が目に入った。路肩に停まった車の横を通り過ぎる。堤防の向こう側、浜の浅瀬では老人が数人腰を曲げている。

「あの人たち、なにやってんだろう」

ヒロキが「アオサ採《と》ってんの」と答えた。リュック姿の観光客が海岸通りをゆるゆると歩いている。一周しても二キロに満たない島の道は、島民の生活道路であり観光スポットだった。道行く人の手には掌大の紙袋に入ったてんぷらがある。

ヒロキは海岸沿いの空き地に入り、坂の手前で車を停めた。駐車場として整備されているふうでもないが、ところどころに車がある。空き地の隅でエンジンを切った。観光客が押し寄せるてんぷら屋のすぐそばに、ゴミ焼きのドラム缶や不法投棄のポリタンク、ビールケースが積まれている。その上で人慣れした猫があくびをする。

「ここからすぐのところだから、おばあの家」

ツキヨはランコさんの入った箱を胸に抱え、万次郎はジュラルミンケースを持ってヒロキのあとをついてゆく。てんぷら屋の脇の通りから山側へと入る。大人がふたり並んで歩くのが精一杯の道幅だ。こんな狭い道にもアスファルトが敷かれている。私道なのか公道なのかわからない。

急な坂道が目の前にそびえ、ツキヨは足を止めた。見上げた道の両側に、暴力的に伸びた木々がある。冬枯れを知らない木と草が、この島から出て行くきっかけを失った人間に重なった。

この坂を上るのか、とため息を吐くツキヨをヒロキが呼び止める。

「そっちじゃない、ツキヨ。こっちこっち」

ヒロキは坂の下にある横道を指さして曲がった。万次郎は、利き腕では重たいものを持たないのだと言って左にジュラルミンケースを提げていた。歯医者を廃業してもやっぱり彼は歯科医師で、幼いころから体に叩き込まれたという習慣はいつまで経っても抜けないらしい。店の外で見る万次郎は、ぼったくりに遭った観光客みたいに見えた。

「着いた。ここだよ」

ヒロキが一軒の木造家屋を指さした。いったいいつ建てられたのか、映画のセットに迷い込んだかのような木造平屋の古民家だ。手入れと掃除が行き届いている感じはまったくしない。窓の補修にはガムテープが貼られ、庭の物干し台も錆《さ》び付いている。物干し竿は塗装がめくれ上がり、シャツを干したら破れてしまいそうだ。

おばあの家は、どこからどう見てもあばら屋だった。

「すごいね、なんか出てきそう」

「おばあはまだ仕事に行ってるから、誰も出てこないよ」

見当違いのことを言うヒロキが可笑しい。誰もいない家には、鍵が掛かっていなかった。がたつく玄関の戸を持ち上げるようにして開けると、さっさと中へと入ってゆく。

ヒロキはすぐに縁側のほうの窓を全開にして、万次郎とツキヨを招き入れた。

一間《いっけん》半ほどの縁側は木々に遮られ日陰になっている。廊下兼ベンチだ。突き当たりにはトイレのドアがある。ツキヨは万次郎とふたり、腰を下ろした。ヒロキが持ってきたペットボトルの琉球《りゅうきゅう》コーラは、抜いたはずの奥歯が痛みそうなほど甘かった。

「ちょっと待っててね」

ヒロキが玄関から飛び出してゆく。小路にいたときとは別人のような笑顔を、ぽんと放って行ってしまった。取り残されたツキヨはコーラを飲みながら、荒れ放題の庭木を眺めた。もともとはしっかりとした石塀があったようだが、緑に覆われて塀なのか柵《さく》なのかわからなくなっている。見れば太さがツキヨの二の腕ほどもある植物が連なり勢力を伸ばしていた。

「あれ、なんだろう。野菜かな」

万次郎が低く響く声で「サボテンだ」と言った。

「サボテンって、野生化できるの？」

「砂漠じゃ、拳銃向けられて手を上げたみたいなサボテンがそこら中に生えてた」

「ここ、砂漠じゃないでしょ。雨もばんばん降るところで、サボテンって」

まさか、とつぶやきながらおそるおそる近づいてその植物を見た。万次郎の言うとおり、鉢植えにするには行儀の悪いサボテンが好き勝手な方向へと伸びている。

「本当だ」

ツキヨの知っているサボテンは、こんなふうにうねったり曲がったりせず、ましてや好きな方向に伸びたりもせず、年がら年中鉢の真ん中に鎮座していた。

「こんなありがたくないサボテン初めて見た」

「サボテンにありがたいも何もないだろう」

万次郎は、木陰だというのにやけに眩しそうに荒れた庭を眺め続けている。雨にあたっても台風が来ても伸び続けるサボテンがあるとは思わなかった。これでは観葉植物として売られている鉢植えのサボテンは、瀕死《ひんし》の状態ではないか。

「売り物は、水をやりすぎたら死んじゃうって書いてあるのに。ここのサボテンは野生で雨風なんか関係なさそう。つよいね」

万次郎がこちらを向いた。不機嫌なのか眠いのかわからない。

「あたし、なんか言った?」

「いや、サボテンがそんなに面白いかなと思って」

「うちの母親ってのが、春になると必ず観葉植物の鉢を買ってくるわけ。それが安定の印みたいに。いちばん多かったのがサボテンだったの。お水やらなくていいし、年がら年中同じかたちだし、花が咲けば奇跡だし。でも、手入れをするのは父親だった。本当のお父さんじゃなかったけど、すんごく可愛がってもらったな」

「今は、どうしてるんだ」

「死んだ。小学校の先生だったけど、トイレ盗撮して停職処分受けて、復帰当日に首吊った。母親とはそのあとはろくに話もしたことないな。家を出たって、捜されたこともない。まあまあなんとか生きてこられたけど、母親がどうしてるかなんて、あんまり考えたことなかった」

サボテンを見ながら母親の買ってきた鉢植えを思い出すなんて——ツキヨは自分に妙な里心がついたのではないかと慌てた。

「思い出したところで、いいことなんかなさそう。万次郎先生のところは、どうなの?」

万次郎はサボテンに向けた表情を変えることなく「わからん」と言った。

「先生が生きてることは、知ってるんだよね」

「連絡を取ったことはない」

海側にはあんなに観光客が並んでいるというのに、裏側の住宅地にはちいさな家が立ち並んでいる。斜面に沿って並んでいるので、道の向こうの住人とは目も合わない。万次郎と自分も同じような荷物を持っているはずなのに、こうして並べてみればどこかちぐはぐだ。

「ただいま」

視界に現れたヒロキが手に持ったレジ袋をふたつ、肩先まで上げて見せた。ヒロキのすぐ前にうねうねとサボテンが伸びている。黙っていたら蛇みたいに脚や胴にからみついてきそうだ。

「お待たせ。お昼ご飯だよ」

はしゃいだ声でヒロキが言った。ヒロキが調達してきたのは、海岸沿いにある店のてんぷらだった。

「イモとグルクン、イカと野菜、もずくとちくわもあるよ」

短い縁側に、万次郎を挟んで座る。ヒロキは真っ先にもずくを手に取った。万次郎は白身魚のグルクンだ。ツキヨは厚切りのイモのてんぷらに囓りつく。三人で揚げたてのてんぷらを食べながら琉球コーラを飲むひとときが訪れるとは思わなかった。南原の目を逃れて三人でいるというだけでじゅうぶん刺激的で安らかだ。

「おばあ、夕方には戻るって言ってた」

「これ、おばあの店で売ってるの？」

「アルバイトで毎日てんぷら揚げてる。元気そうだった。生きてたよ、良かった」

ツキヨは縁側の隅に置いた箱をちらと見た。ヒロキはランコさんをどこに埋めるつもりだろう。イモで喉つまりを起こしそうになり、コーラで流し込んだ。ツキヨは、まだ母が義父と自分に料理を作ってくれていたころのことを思い出した。

ポテトサラダとチキンカツと、大嫌いなキャベツの千切り――。キャベツから食べなさいと言ってはカツを小さく切ってくれていた母も、思い出すたびに輪郭がぼやけてゆく。


奥武島を撫でてゆく海風は、うっすらと海藻のにおいがした。午後五時、風向きが変化するころ、おばあが帰ってきた。

ツキヨは玄関先に現れた「おばあ」を見て「ツキヨです」と挨拶しながら首を傾げた。しわしわの腰の曲がった老婆を想像していたのだが、実際のおばあはまだ四十そこそこにしか見えない。長い髪を頭頂部で一本に結わえ、背中に流している。黄色いTシャツにゆるいジーンズ姿だ。丸顔で褐色の肌。ここの家では、ツキヨとそう歳の違わぬ女が「おばあ」と呼ばれているのだった。万次郎はヒロキに「このひとが万次郎先生」と紹介され、珍しく頭を下げた。

「どうも、ヒロキが世話になって。まあまあ、よく来てくれたさ」

少し擦れた声を持つおばあは、さっと家に上がった。

「さあ、みんな、こっちに来て来て」

おばあは久しぶりにヒロキに会えたと言って喜んでいる。

「たまに会うと大きくなっててねえ、良かった良かった」

その姿かたちと口から飛び出す言葉がずれていて、ツキヨはなにやら楽しくなってきた。台所で海ぶどうをどんぶりに移しているおばあの横に立った。手伝うと言うと、冷蔵庫にもずくがあるから出して欲しいという。

冷蔵庫には保存容器が重なって並んでおり、島豆腐や作り置きのチャンプルーが詰まっている。

「突然やってきて、ごめんなさい。それにしても、すごい食材の量。これ、おばあがひとりで食べるの？」

「いいや、あっちに持って行ったりこっちに分けてもらったり、ここら一帯はみんな食べてるもん同じ。獲れる魚も同じだし当たり前さ。ここにいれば、いつも元気で健康だ。好きなだけいたらいいさ」

泡盛《あわもり》をひとりひとりのコップに注ぎ入れる彼女は想像よりずっと若かったけれど、久しぶりの孫の来訪を喜んでいるおばあにしか見えなかった。

コップ一杯の泡盛で、ツキヨはいままでにないほど気持ち良く酔っ払った。口の中で勢いよくはじける海ぶどうは常温保存だという。冷蔵庫に入れたらただのワカメになると言われても、頭がうまく働かずただ可笑しい。自分の笑い声が可笑しくてさらに笑う。ヒロキはおばあの手料理を次々に皿に足して、ニコニコと万次郎の横に座っている。古民家のテーブルを前にあぐらをかいて泡盛を飲む万次郎が新鮮で、見ているだけでやっぱり笑えてくる。

「ツキヨは笑い上戸《じょうご》かあ」おばあも楽しそうだ。

「そう、笑い上戸。初めて知った。あたし、わらいじょうご——」

聞いたこともない高い声が喉の奥から飛び出した。まるで別の人間に自分の体を自由にされているようだ。言葉も少し遅れて頭の中に響く。見ているもの、自分の声、誰かの声、すべてが少しずつ遅れてツキヨの五感に入ってくる。

「ヒロキってば、おばあおばあ言うからどんだけおばあかと思ったら、こんなに若いの。びっくり。もう、びっくりさ」

ツキヨの口調もなにやら島に染まってきた。「おばあ」を連発しても、おばあは怒らなかった。

「生まれたときからずっとおばあって呼ばれてたからねえ」

「僕、おばあの名前、知らないさ」

ヒロキの目元が明るくなるのを初めて見た。やたらと上下を繰り返す横隔膜が動きを止めた。その場にいる誰もが、おばあの顔を見る。おばあの丸い顔に、濃い眉がへの字を描いた。

「今さらなんだよ。おばあでいい、勘弁してちょうだい」

「なんで生まれたときからおばあなの？」

彼女の眉尻を元に戻したのは、誰でもないヒロキだった。

「わたしが生まれたとき、母親の手を握っていたうちのおばあが、産声と同時にころっと死んだんだと。ずっと男親のいない家だったもんでねえ、うちの母親はおばあが頼りだったわけさ。子供は出てくるわおばあは自分の手を握ったまま死ぬわで、そりゃあびっくりしたらしい。びっくりが先で、嬉しいとか悲しいとか、なかったようだ。死んだおばあの手を握りながらへその緒を切ってもらって、気がついたら産婆が赤ん坊を『おばあ』って呼んでたんだと」

「それじゃあ、おばあはおばあの生まれ変わり？」

「ヒロキが天使の生まれ変わりなのと同じさ」

「そうだった。僕、天使の生まれ変わりだったね」

ふたりは顔を見合わせながら楽しそうに笑った。万次郎もどうやらこの家の居心地が悪くないらしく、脚をくずしてぽつぽつと泡盛を飲み、何が混ざっているのかわからないチャンプルーを口に運んでいる。

ツキヨが思い出す限り、沖縄へやって来て最も楽しい夜だった。なにが楽しいのかよくわからないことで、今までの時間がいっそうぼやけ始めた。ヒロキが部屋の片隅に置いた箱を指さし言った。

「おばあ、明日ランコさん埋めてくるさ」

「ランコさんって、誰」

「猫」

「死んだかい」

「うん、死んだ」

「わかった、おばあがしっかり祈っておくから。ヒロキはちゃんと泣いてやんなさい」

天使と聖母マリアの会話というのは、きっとこういう感じなのだろう。

ヒロキの瞼がまず重たくなり、続いて万次郎も両手で体を支え始めた。おばあはツキヨを伴い、隣の部屋に薄い布団を敷きつめた。ありったけのタオルケットとバスタオルを取り出して、布団の上に放る。

「人数分ないけど、雑魚寝《ざこね》でもまあ腹さえ冷やさなけりゃいいね」

「じゅうぶん。海のにおい嗅ぎながら寝るの、ものすごく久しぶり」

「那覇《まち》には海がないからねえ」

先にごろごろとし始めた男たちを見下ろしてから、明かりを落としたおばあの家で、ツキヨはまた縁側に立った。背後でおばあがツキヨを呼んだ。

「ツキヨ、酔いは醒《さ》めたかい」

「気持ちいいのだけ、残ってる」

「そうかい、うちでいちばんいい泡盛だからね。悪いことはないさ」

旨かったろう、と訊かれて迷わず「うん」と答えた。

「ちょっと行こうか」

おばあが玄関に出た。ツキヨは彼女を追ってサンダルをひっかけ外に出る。街灯もない道を彼女はすいすいと歩き、てんぷら屋の並ぶ道路を渡った。対岸の明かりがちりちりと瞬《またた》いている。堤防の向こうには、ツキヨの故郷を流れる川幅くらいの海がある。楕円形の月が水面《みなも》に明かりを落としていた。ぬるい海風も、どこから吹いているのかわからぬ穏やかさだ。

おばあは堤防の上にひょいと上がって、ツキヨを引っ張り上げた。

「ヒロキがまた、猫を拾ってきたね」

「ランコさん、朝起きたら死んでたの」

「ちいさいころからずっとそうだ。このあたりは野良がいっぱいいるけれども、ヒロキが拾ってくるのは必ず日を置かずに死んでしまう。もう、何度も何度も。死んでしまうのがわかっているから面倒をみるんだろう」

「天使なのに、拾った猫がみんな死んじゃうんだ」

ツキヨがつぶやくと、おばあは「天使だから仕方ないんだ」と言った。

「天使は看取《みと》りも仕事だから。そういうふうに生まれてくる子がときどきいるんだよ」

「ヒロキは、おばあに育ててもらったって言ってた」

「ほかに何か言っていたかい？」

「南原さんがお父さんだって――何度か、会った」

おばあが首を横に振った。

「南原がうちに、まだ言葉もろくに話せないころのヒロキと若い女を連れてきた。二十年近く前だったかね。母親はサボテンの鉢しか持ってなかった。このあたりじゃ目が青い子なんて珍しくもなんともなかったけど、母親も南原も島の人間だ。息子だけ目の色が違うなんてないだろう。ここなら誰の子かなんて気にするやつもいない。ヒロキの母親はそのとき、まだ中学を出たかどうかわからんくらいの子供だったよ」

ツキヨは自分もヒロキに拾われた猫だったことを思い出した。

「お母さん、死んだって」

おばあが、再びゆるゆると首を振った。結わえた髪の先がうなじのあたりで揺れた。

「南原から、わたしが逃がした。南原は、嘘と脅《おど》しであちこちから金を巻き上げながら暮らしているような腐った男さ」

ヒロキの母親が生きているかもしれない――体に残った酔いが風ひとつごとに醒めていった。水面に漂ういびつな月が、海に空いた穴に見えてくる。ヒロキの母親と同じ、死んだことにしなければ生きていられない人間が、ここにもいた。

「万次郎先生も、死人みたいなもんなんだって」

「ここにいると、本人も生きてるか死んでるかよくわからないかもしれないねえ」

本島と奥武島を繋ぐのは橋ひとつ。橋を渡ればそこが現世ではなくなる感覚は、泡盛の旨さやわけもわからぬ楽しさで説明がつきそうだ。「竜宮城」がまやかしだったとは思わない。けれど、ツキヨが踊らなくても刻《とき》が流れてゆく海の底は、別の場所にあったということだ。

ツキヨ――おばあの声が砂の気配を帯びた。

「あんたは、もう少し流されるかもしれないねえ。でも、流された先にあるものをしっかり見なさい。ぜんぶ受け容《い》れて、すべてを赦してやんなさい」

受け容れるものがなんなのか、すべてがなにを指すのかわからぬまま頷いた。

「おばあは、ユタだって聞いた。信じるよ」

「ユタにもいろいろある」とおばあが笑う。

「ユタは、ユタでしょう」

「人間の顔は、見ればだいたいどうやって生きてきたかがわかる。口の曲がり具合、言葉の尻、目つきや鼻の動き——今を見れば、その先も見えるというだけさ。わたしは普通に見たいものを見て、言いたいことを言ってるだけ。こんなんでユタを名乗ったら本物のユタに怒られるよ」

おばあまで、もう少し流される、と言う。ツキヨは、どんつきに来たはずの自分にまだ流れる先と時間があると聞いても、どう応えていいのかわからない。ここで終《しま》いにしたいくらいの、気持ちいい夜風が吹いている。

「明日、ランコさんを埋めに行くの。おばあ、祈ってね」

「わたしはいつも、祈ってるよ。てんぷら揚げてるときも、小便してるあいだも、アオサを採ってても、寝ても覚めても祈ってる」

彼女の体から、夜目にもふわふわと煙のようなものがのぼり立つのがわかった。酔いや目の錯覚で片付けられない。細かな霧に似た光の粒がその体から沁《し》みだしている。

こんな時間が、少しでも長く続けばいい。ツキヨは水面の月と一緒にゆらゆらと漂いながら、このままずっと島で万次郎やヒロキ、おばあと暮らす夢をみた。

ヒロキの背中のモナ・リザがツキヨに微笑みかけているような夜だった。

7

翌日の昼時、ツキヨは重たい頭をどうにかこうにか持ち上げた。何度かまばたきをしたその先で、ヒロキが死んだランコさんのにおいを嗅いでいる姿を見ても「天使だから」という理由で納得する。

「おはよう、ツキヨ」

「おはようヒロキ」

頷いて、ゆるゆると縁側に出た。日陰がなかった。溶けてしまいそうな晴天だ。昨夜おばあとふたりで楕円の月を見たことまでは思い出せた。そのあとは――おばあの声が心地よくて、なにを話したのかよく覚えていない。

「ツキヨ、ランコさんが臭くなってきたから、埋めてこよう」

うん、と頷く。振り向いた場所に万次郎はいなかった。縁側の端にあるトイレを見る。

おばあの家のトイレは狭い。ドアを開けて数秒、洋式便器にどうやって座ればいいのか悩むくらいだ。浅く腰掛けると膝が壁に刺さりそうになる。いったいどうやって便器を取り付けたものか。ツキヨでさえそうなのだから、男たちにとってはさぞ窮屈だろう。数秒戸を眺めていたが、万次郎がトイレにいる様子はなかった。

「ヒロキ、万次郎先生がいないよ」

「散歩してくるって。まだ帰ってこない」

おばあは既に仕事へ行ったようだ。台所へ行くと、昨日使った皿もコップも洗って伏せてある。脂でくもるガラスを見ると、懐かしさに胃の中の苦みが混ぜっ返された。冷蔵庫を開けてみた。昨日と同じく、すぐに食べられそうなものが入った保存容器が二段三段と重ねられていた。コップに水を注ぎ入れ、二杯立て続けに腹へと流し込む。水は奥武島の、砂浜のにおいがした。

起き抜けなのに食欲がある。ツキヨは空腹が可笑しくて、容器をひとつ抜き取った。蓋を開ける。豚足《とんそく》の脂で蠟《ろう》を垂らしたように固まったおでんだった。乾燥かごにある、何度も使って洗ってを繰り返した割り箸を手に取った。箸で脂をつつくと、簡単に割れる。容器にツキヨの体温が伝わって、端のほうから脂が溶けてゆく。

幼いころ家族旅行で見た、割れてぶつかり溶けて去ってゆく流氷を思い出した。雪の降らない南の島には、氷が流れ着くこともない。ヒロキもおばあも、生まれてから死ぬまで一度も雪を見ない。

「どうしたの、ツキヨ」

なんも——口をついて出た故郷の言葉に驚いていた。

「なんもって、なに？」

素直に訊ねられると却って戸惑う。なんでもないよという意味あいの言葉だと答えた。

「こっちの、なんくるないさ、みたいなもんかな」

「なん、まで同じだね」

ヒロキの手にはランコさんを入れた箱がある。ツキヨは脂にまみれた豚足の隣から、大根を箸でつき刺し口に入れた。脂と大根が口の中で溶けて甘い。故郷の言葉を、大根と一緒に飲み込んだ。腹の下から記憶がせり上がってくる。

義父はツキヨの体を触るとき、いつも訊ねた。

——ツキちゃん、ここ痛くないかい？

——なんも、痛くないよ。

――こんなふうにしても、だいじょうぶかい？

――うん、なんもだよ。

なんも、なんも――何度も繰り返すうちに、目を閉じていた。ツキヨが目を閉じると、義父は質問をやめる。ふたりきりの静かな部屋に響くのは、微《かす》かな吐息と衣擦《きぬず》れだ。開ききった両脚のあわいを中心にして、自分の体があめ玉になるひとときが好きだった。義父の舌先で、あめ玉はどんどん大きくなる。全身が溶ける寸前、彼の舌も熱を帯びてツキヨの芯を包み込む。

記憶は舌先でせせった豚足の骨に似ていた。ツキヨの下腹のあたりに集中して、ヒロキを抱いた朝が遠い。

ヒロキは家の周りをうろうろしたあと、剣先《けんさき》スコップを探し当てて縁側に戻ってきた。

「あったよ、窓の下にあった」

いったいどのくらい放置されていたものか、全体がびっしりと泥と錆に覆われている。ヒロキはスコップをひょいと右肩に担ぎ、左手にランコさんの入った箱を持った。

「行こう、お墓を掘るよ」

「万次郎先生を、待たないの？」

「散歩だって言ってたし。ここは一周したって、三十分かかんないからどこかで遭うよ」

天使は、あまり深くものごとを考えない。ツキヨは玄関にあったおばあのゴム草履を履いて、ヒロキのあとを追った。

急な坂道の中腹に、観音堂へと続く細い道があった。お堂の前から見下ろすと、石の階段が鳥居へと続いている。鳥居をくぐらず坂側にある狭い通路から敷地に入ったせいか、厳《おごそ》かな気持ちには遠い。ふたりも並べばいっぱいになりそうな観音堂の前をすり抜けると、ちいさな湿った林があった。

ヒロキは慣れた足取りで踏み固められた土の道を進んでゆく。ツキヨは無言でその背中についてゆく。

傾斜を削った土留《どど》めと繁る葉に遮られて、地面にはほとんど陽光が届かない。気をつけて歩かないと、太い幹から這い出て地をうねる根につまずいてしまいそうだ。ツキヨは、風の行き止まりを見たような気がした。なにもかも、止まっている。

「着いた。ここだよ」

うねりながら這う木の根が途切れたところを指さして、ヒロキが錆びたスコップを肩から下ろした。空に向かって伸びた二本の幹が、それぞれ遠慮しあって空けているような場所だった。

スコップの先を突き刺し、木の根にあたっては撥ね返されながら、ランコさんを埋められるくらいの穴を空ける。湿った空気に佇《たたず》んでいると、昨日から今日までの時間がすっぽり自分から抜けてしまった。

どこから蛇が這い出てきてもおかしくないと思ったところで、お堂のほうに人の気配がした。グレーのTシャツがゆらりと木陰に入ってくる。万次郎だ。ツキヨはほんのすこし棘《とげ》をためて声をかけた。

「散歩に行ったきり、帰ってこないのかと思った」

「島を一周してきた。しばらく外を歩いていなかったから、坂道がきつい」

万次郎の声は木々の幹や頭上を覆う葉にも吸収されず響いた。万次郎を見ていると、死んだあとも体と声が残っているのはひとつの苦痛ではないかと思えてくる。

「ふたりとも、ランコさんを埋めるよ」

ヒロキが箱の中からランコさんを持ち上げた。タオルを外す。綿やビーズのほとんどが漏れ出てしまったぬいぐるみみたいだ。穴は計ったようにランコさんにぴったりだった。土の中にランコさんを横たえる。ヒロキはますます嬉しそうな顔になる。青い目は木陰のせいで緑色に見えた。

「またそんなことやってんのか、お前」

振り向くと、万次郎の肩越しに南原が見えた。彼がやって来ただけで、子供の遊びに大人の監視がついた。

「ランコさんが死んじゃったんだ。南原さんも祈ってよ」

「俺に何を祈れっていうんだよ、馬鹿野郎」

万次郎とツキヨの肩先をすり抜けた南原は、しゃがんだヒロキの前に仁王立ちになる。つとその姿が縮んだ。南原は両手でランコさんに土をかけ始めた。ヒロキも一緒に土をかける。ランコさんはすぐに見えなくなった。最後に南原が地面に置いた両手に体重をかけると、湿った土はそこだけ丸く新しく、何ごともなかったように平らになった。

「なりはでかくなっても、お前のやってることは少しも変わらないな、ヒロキ」

「なんで猫は拾うとすぐに死んじゃうんだろう」

「お前が毎度毎度、選んだみたいに死にそうな猫を拾ってくるせいだろう。なんにもわからないふりをして、その、ひとつ覚えみたいな阿呆《あほ》面をどうにかしろ。弱った猫は、死ぬしかねえだろう。お前もしくじったら海に捨てる。どうせ救いようのない馬鹿だからな」

南原は吐き捨てるようにそう言うと、手を叩いて土汚れを払った。ヒロキは彼の言葉など半分も理解していない顔で頷いた。

「おばあが昨夜のうちに祈ってくれた。南原さんも来てくれたし、ランコさんはきっといいところへ行ける」

南原はランコさんを埋めた場所から離れ、土留めのあたりで「線香代わりだ」と言って煙草を取り出した。ヒロキは数秒手を合わせ、立ち上がった。再び平らになった足下を見て、万次郎がぽつりと言った。

「ヒロキ、ここにはいったい何匹の猫が埋まってんだ」

「覚えてない」

ヒロキの答えは万次郎の問いよりはるかに乾いている。土留めの前で南原が「十四はくだらないね」と笑った。

「だいたい猫がいるって聞いたときから、近々こっちに戻るだろうと思ってたんだ。お前の足りない頭の構造くらいお見通しだ。俺んところ以外に行くところなんて、おばあの家しかないだろう」

南原はおばあが苦手なのだろう。その名を口にするとき、鼻に皺が寄る。気づくと彼の手から線香代わりの煙草はなくなっていた。吸い殻の行方を追う暇もなく、南原の声が陽気になった。

「そうだヒロキ、たまにはグラスボートを動かせよ。万次郎とツキヨちゃんに、お前のいいところを見せてやれ」

「鍵は？」

「ほらよ」

南原が放ったものをヒロキが受け取る。その手に観光メダルがじゃらじゃらと束になった鍵が握られた。

「南原さんは？」

「もちろん行くさ。お前がてんで役にたたないってこともわかった。考えてみりゃ、万次郎だって最初からこっちに置いとけばよかったんだ。そうすりゃ俺も行ったり来たりしなくて済んだ。万次郎がおかしな彫りものでちやほやされることも、歯医者の真似もしなかったんだ」

ただ――南原の言葉が「ここにいるとまたあの、おばあがよ」と濁った。

万次郎の視線は木の根と同じく土を這う。この男にとっては自分たちの他愛ないやり取りなど、右から左へ、島を通り過ぎる風と同じなのかもしれない。万次郎は、南原の前では息をするのさえ面倒くさそうだ。

「じゃ、港に行こうか」

ヒロキが再びスコップを肩に担いだ。もう、埋めてしまったランコさんのことなど忘れたような笑顔だ。風が再び動き出した。


ヒロキが船のエンジンをかけた。顔色もいいし瞳にも光がある。南原がおばあを苦手としつつ頼りにしていることや、ヒロキの庇護者が南原から彼女に移ったことが、奥武島ではよいバランスを保っている。

定員は船長も含めて十人の、ちいさなグラスボートだった。船底の畳一枚ほどのガラス板を囲むように、座席がひとまわり。ツキヨと万次郎は船首で向かい合い、南原は舵《かじ》を取るヒロキの近くに腰を下ろした。

岸壁を離れてすぐに、船底のガラスが青みを増した。大ぶりのイカが、墨を吐いてすぐに見えなくなった。ツキヨが声をあげて喜べば、ヒロキは上機嫌で船を飛ばす。海は凪《な》いでいるが、ときどきふわりと体が浮いた。

エンジンを切ると、船がゆっくりと漂い始めた。縞《しま》模様や蛍光色、玉虫色の魚がガラスの下を通り過ぎてゆく。南国の魚の彩りの良さは、ここに住む人間には珍しくもなんともないのだった。奥武島は、「竜宮城」や「暗い日曜日」、故郷とはまったく違った。ここでは、太陽の下にいるとくっきりとした影ができる。

ツキヨの生まれ故郷に在る海は、いつも黒々としていた。夏の日差しも透き通る水も縁遠い、北海道という島の東のはずれだ。北の島と南の島は、空から落ちてくる雨の粒も違えば、海の色も獲れる魚も、人も砂もなにもかもが違う。

自分はまだ「竜宮城」に留まっているのではないか、とツキヨは思った。懐かしいわけでも恋しいわけでもないのに、生まれた街の景色がイカみたいに墨を吐きながら通り過ぎる。

南原がヒロキの手元を見て薄笑いをしている。自分が教えた技術で得意げに船を操る姿は、男の目にどう映っているのだろう。動きを止めたガラスの下を、胸びれのあたりにコバンザメを抱えたクロダイが横切っていった。その下にはサンゴの死骸が積もっている。折り重なる白いサンゴは、人間の骨そっくりだ。南原があくびまじりの声で言った。

「あいつが付いたら、もう長くないのさ」

「あいつって、コバンザメ?」

「そうだ。不思議なくらい寿命を嗅ぎ分けるね、あいつらは。どんなでかい魚もカメも、やつが吸い付いたらお迎えが近いんだ」

南原の視線が、万次郎に向いた。

「そんな目で見るなよ、万次郎。俺のことがそんなに恨めしいか。俺がただの親切でお前を生かしておくとでも思ってたんなら、俺の修行が足りないってことだよな」

「どういう意味だ」

「お前が面倒くさがりだってことはお前の母親がいちばんよく知ってるみたいだったぞ」

潮に任せているうちにガラスの下に広がる青色が増し、海底が見えなくなった。深い青色の果ては、別の世界の入口を思わせる。行き止まりがわからないときの期待と恐怖は、きっとこんな色をしている。

せっかくなんだからよ——南原の声色《こわいろ》に憐れみがこもった。

「おふくろさんに、こっそりとでも電話してやりゃあいいだろう。お前もそこんところ変に律儀で、なんだか悲しくなるよ。いくら黙っとけってアドバイスしたからって、本当に死んだふりをする必要なんかないんだよ。人間ときには約束を破ることも必要だと思うんだがな」

万次郎の顔がわずかに持ち上がる。ツキヨはこの静かなやりとりのせいか船酔いなのか、気持ちが悪くなってきた。

「おふくろさん、俺が親切心起こして電話をしなかったら、すぐにでも息子の後追いをしそうな弱々しい声だったぞ」

「なにを言った」

「息子は生きてるから安心してくれ、俺がちゃんと面倒みてるから、大丈夫って言ったさ。ただ、精神的にやられちゃっててしばらく静養が必要だって。彼女はそこんところはお前よりずっと物わかりが良かったよ」

万次郎が妙にふわふわとした声でいったいいくらふんだくったのかと問う。

「必要経費だよ、お前をひとりぶらぶらさせておくのに、いったいどんだけかかると思ってんだ。困ったことなんぞ、一度もないだろう。ヒロキがいれば、食い物だって女だって毎日調達できたろう。女に飽きたらこいつがいる。道具や腕をひけらかさないで、お前さえ上手くやってくれりゃ、しばらくはあそこでのんびり暮らせたのに」

南原は「馬鹿だなあ、お前ら」を二度繰り返した。万次郎が今度は静かに返した。

「いったい、いくら巻き上げたんだときいてるんだ」

「息子さんのために家一軒建てたって言ったら、そのくらい。東京価格は本当にありがたいね」

南原はそのときだけ人の好《よ》さそうな笑顔になった。

「せっかくだから、電話の一本も入れてやりなよ。お前が律儀に死んだふりしているせいで、おふくろさんは俺を疑い始めてるよ。終いにゃ、なにも知らないくせに全部話すなんてこと抜かすんだ。どこになにを話すっていうんだよ。ふざけるんじゃないよ。週刊誌も警察も、そんなに暇じゃあないですよ」

胃から、豚足の脂がせり上がってくる。男たちはどうしてこんな話が好きなのだろう。こらえきれず、舳先《へさき》へ這い出て口を大きく開けた。胃液と粒の粗い泡が海面に散る。青みの濃い魚が数匹、豚足のにおいにつられ寄ってきた。

ヒロキが船を動かし始めた。上下する波を避け、ツキヨの船酔いを気遣っている。顔にまっすぐな風を受けて、ときおりひっくり返りそうになる内臓をなだめすかしながら岸壁が近づいてくるのを待った。

見事な腕で船を岸壁に寄せたヒロキは、船着き場にロープを渡すと真っ先にツキヨのところへやってきた。

「ツキヨ、まだ気持ち悪い？　いま、お水持ってきてあげる。すぐそこの、テントの中で待ってて」

ヒロキの指し示した方向に、グラスボートの待合テントがあった。客はいない。テーブルとパイプ椅子と、浮きやロープやアイスクリームの冷凍庫が収まっている。台風が来たら、なにもかもが飛んでいってしまいそうな頼りなさだ。小型グラスボートは、持ち主の水産会社社長と、雇われ船長の南原で営業しているという。

ヒロキは走って百メートル先の市場へ行き、水のペットボトルを三本抱えて戻って来た。どんなに走っても、息が切れるということがない。ヒロキが天使である証拠が、奥武島へやってきてからひとつひとつ積み重なっている。

おばあの家に戻り、ツキヨは昨夜の布団にころりと横になった。ヒロキは昼飯を調達しに家を出て、縁側に座った万次郎の横では南原が寝転がっている。ツキヨは胃の重みに耐えながらふたりのやりとりを聞いた。

「お前がどう思うかは自由だが、言っておくが俺のやってることは人助けだ。恨むなら、女癖の悪かった自分を恨めよ」

「最初から、そういうつもりだったんだな」

「お前がこっちで住むところ世話してくれなんて言うからこういうことになってるんだよ。頼る相手を間違ったと思うなら、それもいいさ」

「親から金を取れとは言っていない」

「言ったろう、向こうが勝手に金額を決めて送ってきたんだって。お前もしつこい男だな。あんまりしつこいと、魚の餌にしちゃうよ。俺、そういうの得意だからね」

「コバンザメか――」

「そのコバンザメのおかげで、汚く死ななくて済んでるんだがな」

南原が起き上がる気配がした。縁側の板がきしむ音がする。煙草を吸い始めた南原を通り抜けた風が、ツキヨの寝ている場所で回れ右をする。

男たちはどちらも煙と同じ、行き止まりの吹きだまりだ。

「そのうち、俺に泣いて感謝する日が来るさ。せいぜい島で馬鹿やポンコツ女との毎日を楽しむことだよ」

天使と「竜宮城」上がりの女は、南原のなかで馬鹿とポンコツに変換されていた。ツキヨは笑いで腹が震えそうになり、必死でこらえた。自分がポンコツとは、あまりにもぴったりで怒る気にもなれない。それぱかりか、妙な安堵《あんど》感さえ湧いてくる。たとえポンコツでも、認識されて居場所があるのはいいことだ。

ふたりの会話でわかったことは、万次郎もヒロキもツキヨも、しばらくは奥武島にいられるということだった。今夜おばあが仕事から戻ってきたら、南原のことを無駄に怖《おそ》れる必要もない。おばあがいれば――この家こそが楽園だ。

睡魔が通りかかって、ツキヨの体を持ち上げた。瞼の裏がグラスボートの下に広がっていた色に染まる。青いのか黒いのか、考える間にどんどん体が底へ底へと引っ張られた。いいかげん浮いてもいいのじゃないか、と思ったところで、自分が「竜宮城」の女だったことを思い出した。この暗がりを抜けなければ、もてなしの場所へもたどり着けない。今日のお客は誰だろう。

海の底で待っていた客は、義父だった。

——ツキちゃんか、ツキちゃんか。

——おとうさん、なんでここにいるの。

——ツキちゃんと遊びたくてさあ。

いいよ、と言ってワンピースを脱いだ。放った布がゆっくりと床に落ちてゆく。ああここは海の底だった。見ると、死んだサンゴがびっしりと敷き詰められていた。人の骨そっくり。ツキヨはショーツを取って、サンゴの上にぺたりと腰を下ろす。両脚を開いた。義父はツキヨの貧相な胸を愛しげに撫でたあと、今にも涙をこぼしそうな笑顔でツキヨの脚のあいだへ顔を埋《うず》めた。

体中の神経が、男の舌先へと繋がっていた。ツキヨはサンゴの死骸の上に横たわり、両脚を立てる。舌も吐息も指先も、ツキヨがそうすることで喜ぶのだ。母が外へ行っているときの、ふたりきりの遊びだ。

——おかあさんいつ帰ってくるかわからないから、さあ、はやく、気持ちいい場所へ連れていって。いっぱいツキちゃんと遊んで。

縁をなぞる舌先が、ツキヨの快楽を粗くひと撫でする。幼いころ可愛く埋もれていた芯は、目先の欲に目がくらみ、いまは図々しく扉の外に飛び出している。ざらざらと数回往復されただけで、倍にも膨らんでしまう。膨らみきったあとは、亀裂を這う舌先の感触が変わった。

義父が不思議そうな顔をしてツキヨを見た。

――ツキちゃん、こんなふうになっちゃったんだね。

――こんなふうって、なに。

ほら、と指先を誘われ、男の舌で弛《ゆる》んだ部分に触れた。浅瀬で頼りなくなびく藻があった。ぬるついて、次の快楽を待っている。

――これはね、仕方ないの。優しく触れられると、ちゃんと次の準備をしてしまうの。気持ちいいうちに次のことをしないと、通り過ぎちゃう。おかあさんが帰ってきたら、怒られるんでしょう。さあ、はやく。

ツキヨは指先をそっと広げ、膨れた芯を差し出した。

義父の吐息が熱くなってゆく。

――ツキちゃん、ツキちゃん。

その声が泣き声に変わる。

――ツキちゃん、ごめんね。

男の泣き声が耳の奥に重たく溜まったところで、目覚めた。

その夜おばあは、テーブルからはみ出すくらいの皿を並べた。何日でも、好きなだけいたらいいと言う。

「食べるもんくらい、いくらでもどうにでもなるさ。ヒロキがいると楽しいからね」

「おばあ、いつだか歯が痛いって言ってたよね。万次郎先生に診てもらいなよ。先生、すごい道具持ってるんだ」

部屋の隅にある銀色のケースを指さし、ヒロキが浮かれた声を出す。おばあは「いいよ、もう」と頬を持ち上げ笑った。

「そりゃ、もうずいぶん前のことじゃないか。とっくに抜いたさ」

歯が痛かったのはヒロキがまだ泳ぎを覚えるかどうかというころの話だという。ヒロキは残念そうに口をへの字にして、ぱっとその表情を裏返した。着ていたTシャツを勢いよく頭上へと抜く。おばあに背中を向けて、美しい肩甲骨を開いて見せた。

「これも万次郎先生が彫ってくれたんだ」

ヒロキの背中で微笑むモナ・リザを見たおばあは驚く様子もない。

「きれいな人だこと」

おばあの感嘆が部屋に満ちて、ヒロキの顔も得意顔から照れへと変化する。Tシャツの首から再び頭を出して、水を飲むようにコップの泡盛を空ける。

「万次郎先生は、絵も描けるし歯も治せるし、一緒にいれば怖いもんないんだよ」

「そうだったのかい」

ふたりの会話を、島豆腐を口に運びながら聞いていた。万次郎は、昨日よりすこし考え事が増えた顔だ。男の目元に、小路の店に戻ったような陰りを感じながら、ツキヨは三人のコップに次々と酒をつぎ足してゆく。

それにしても――おばあがつくづく感心した顔でつぶやいた。

「よくそんなきれいな顔を思いついたもんだ。万次郎さんはたいしたものだ」

おばあは、モナ・リザを知らなかった。

8

目覚めると雑魚寝の部屋に万次郎がいなかった。ヒロキは、寝息もたてず身動きひとつしないで眠っていた。本当に息が止まっているのかもしれないと、口元に掌を近づけてみる。静かだがゆっくりと、ヒロキの息は出入りを繰り返している。遠いところから吹いてくる風に似ていた。

ツキヨはトイレに立ったついでに外に出た。明け切らない空を見ると、昨日に置いてきたものがみな生煮えの貝に思えた。火を通し損なうと、捨てるしかない。心根のほとんどを火に通して腹に収めてきたつもりだが、ふとしたときに生煮えの貝が喉元まで上がってくる。

外は、蒸れた海のにおいがした。すっぽりとこの小島だけ蓋に覆われているみたいだ。万次郎も天蓋《てんがい》付きの島をふらふら歩いている気がする。東京にいるという母親の話を聞けば、あの男が南原から逃げないことでいったい何を守っているのか知りたくなる。

万次郎が電話を入れれば、母親は喜んで金を送るのだろう。島まで会いに来るかもしれない。万次郎をここで塩漬けにする南原は、この先も彼女からあの手この手で金を搾《しぼ》る。

海岸線に出て右へ行こうか左へ行こうか迷い、ツキヨはグラスボートのある右側へとつま先を向けた。生煮えの空は夜でも朝でもなかった。黙々と重たい時間を持ち上げて右から左へと移動している。ツキヨはどちらへ向かっても結局同じ場所に戻ってしまう島の道が気に入っていた。島から出ない限りいつまでもぐるぐると回っていられる。居心地いいのは当たり前だ。じきに飽きてしまうからこその心地よさだ。

潮騒《しおさい》と、ビーチサンダルがかかとに跳ねる音が重なった。人の気配がないせいで、本当はここが海の底じゃないかという気がしてくる。市場の前までやって来たところで、グラスボート乗り場の岸壁に赤い蛍を見つけた。

ツキヨが近づいてゆくと、万次郎はくわえた煙草を唇から外した。いつもそんな歩き方をしているのかと問われ、そうだと答えた。

「ひどい歩き方だ。嚙み合わせが悪いから、肩の高さが揃ってないし腰も曲がってる。首も背骨も歪んで、免疫力が下がってそのうち全身疾患だ」

「歯医者って、そうやってひとを脅すんだ」

小路の店から出てきたあと髭《ひげ》を剃っていない頰と顎は、煙草の先が光るたび輪郭がぼやける。いつも感情の在処が不明な男だが、今ははっきりと不機嫌だとわかる。

「そうだ。非の打ちどころのない歯並びで生まれてくる人間のほうが少ないから。一度口を開かせたら、俺たちはいくらでも難癖をつけられる」

「あたしの乳歯を抜くとき、おとうさんはいつも嬉しそうだったよ」

「次の歯があるから、なにもしなくていい。埋まってる永久歯がどんな状態かを心配する親のほうが珍しい」

「運良く嚙み合わせがぴったりのひとつって、どうなの」

ほんの少し間を置くと、万次郎の口調から不機嫌さが去った。

「すべての歯が役目をまっとうできれば、食い物がすりつぶされるサイクルが完璧になる。唾液腺の刺激も足りて、消化が良くなる。消化器系疾患がなければ、体に栄養が行き渡る。けど、本人は隙間のなさが災いして、歯ぎしりの癖から頭痛持ちになる。肉体の一部である限り、個体にとっての完璧ってのはぎりぎりのところでその完璧さをずらさなけりゃいけないんだ」

だけど、と万次郎が続ける。

「そこに近づけられるような腕と設備を整えて待ってる俺たちに、たいがいの患者はとりあえずの応急処置しか求めない。この時代、保険の範囲なんて間に合わせでしかない。間に合わせに手一杯だと、医者の腕が下がる。下がった腕に、設備投資が追いかけてくる。そうしているうちに、医療機器の使いっ走りになるんだ」

設備投資と患者の要求が著しくずれているのだと万次郎は言う。

「完璧が仇《あだ》になるとは、よく考えればおかしな話だな」

「人間、歯だけじゃないからね」

万次郎はそこだけ一拍おいて「だから困る」とつぶやいた。ふたりで話しているように見えて、本当に知りたいことは男のつぶやきひとつで遮断されてしまう。この関係もつくづく嚙み合わないし、誰もまっすぐ歩けない。

ツキヨはこうして海に沈んでゆく言葉が魚や貝の餌になればいいと思いながら、おばあがモナ・リザを知らなかったことが妙に新鮮だったことを告げ、ヒロキの母親が生きているかもしれないことを、ぽつぽつと海に放った。

万次郎がひとつ大きなため息を吐いた。

「寝て起きて食べて働いて——また寝て。おばあの暮らしは島そのものだ。自分にも他人にも興味がなくて、新しい情報を欲しがりもしないし、なにを捨てたいとも思わない」

「ヒロキが天使なら、おばあはマリア様だよね」

お前は——

「お前は、クラゲみたいだ」

「あたしがクラゲなら、先生はサンゴの死骸」

海の底で骨を見世物にしているサンゴの死骸は、万次郎にそっくりだ。

少しも寒くはないのに、体温が下がってゆく。ふたりきりでいても、少しも色っぽい気持ちにならなかった。

死んだと思っていた息子が生きていると知らされたとき、母親はなにを思ったろう。南原に言いくるめられて、金を送って寄こし、肝心の息子からはなんの連絡もない。

「おかあさんに、電話かけてやんなよ」

「なんのために」

予期しない返事に、少し間が空いた。万次郎の声を聞いた母親がどんな反応をするかに興味があるのだから、ツキヨの言葉は善意じゃない。万次郎が電話をすれば、母親の感謝は妙な具合に捻れて、立ち回りの上手い南原を喜ばせる。波に打ち上げられるみたいに金が流れてくる。

「なんのためって、考えると迷うね」

「勝手に送ってきた金だ。俺には関係ない」

本心とも思えぬ言葉を万次郎が海に放った。南原は立派なハイエナだが、ハイエナから餌をもらわねばならない自分たちはもう、価値などという言葉では飾ることができない。ツキヨはひとつおおきなあくびをした。吸い込んだ息で肺が膨れる。吐ききったところで、グラスボートがふわりと持ち上がった。潮が満ちてきたらしい。

「たちの悪い女にからまれて病院潰《つぶ》されたって、人生捨てるほどのことなの?」

万次郎はしばらく黙ったあと、感情のこもらぬ声をまた海に放る。

「あのときのことを、理屈で証明できれば、ここにはいない。ああ世の中には金で買えないものがあったんだと思った瞬間、全部が駄目になった」

「なに、お金で買えないものって」

「やる気」

確かに——それは買えない。だいたい、売っていない。

ヒロキだったら——唇からこぼれ落ちた言葉に、当のツキヨが戸惑った。

「もしヒロキだったら、やる気とか価値とか損得とか考えずに電話しちゃうだろうね。『僕のおかあさんですか』って。天使だからさ」

万次郎は答えなかった。ひとの口を開かせて神のように振る舞ってきた男にとって、今さら天使に生まれ変わるのはとても難しいことに違いなかった。

「面倒くさいね、男って」

万次郎と連れだって、夜明けの道をおばあの家に戻った。

寝床でタオルケットを被りひと眠りしたツキヨの鼻先に、懐かしいけれどよく思い出せないにおいが漂ってきた。体を起こし、風上を見た。太陽はもう、真上に近い。

おばあの荒れた庭で、ヒロキが金だらいを前に見事な手さばきで炭をおこしていた。縁側に置いたまな板の上に赤と黒のまだら模様をさらして、魚が二匹待っていた。三十センチはありそうだ。内臓を取られている。もう海には返してあげられそうもない。まな板の横に、万次郎が座っていた。庭に、ヒロキの無邪気な声が響く。

「ツキヨ、おじさん焼くから一緒に食べよう」

「食べ飽きたよ、おじさんは」

「さっき潜って獲ってきたんだよ」

さっと塩を振ってあるという。ナマじゃないなら食べてもいいよ、と冗談を言ってはみたが誰も笑わない。ヒロキに通じないのはいいとして、万次郎には最初から冗談を引き受ける機能がついていないのだ。

おじさん。

南の島にはそんな名前の魚がいるのだと、ずいぶん前に客から教わった。その客が魚によく似た顔だったことまで思い出す。軽く伸びをしたはずの背骨が、下から順番に乾いた音を鳴らした。

香ばしい魚に醤油を垂らして口に運んだ。朝の海で泳いでいたところを、うっかりヒロキに捕まった魚だった。食べるほうも食べられるほうも、明日が見えないので似たもの同士だ。

島で飲んだり食べたりしていると、浦島太郎の気持ちが透けてくる。食べて、横になって、日が陰ってゆくのを眺めながらおばあが仕事を終えて帰ってくるのを待つ。

「暗い日曜日」のドアを、タトゥー目的の客が叩いているところを思い浮かべる。大がかりなのはヒロキの背中のモナ・リザだけで、あとは噂を聞きつけた女たちか速さが優先の米兵だったと聞けばたいして気の毒だとも思わない。新兵いじめを少しでもかわしてゆくために取る方法がこぞって即席タトゥーだなんて。そんな米兵を追い出したところで、別の国の似たような連中がそこに居座るだけだ。

おばあやヒロキ、南原は誰が去っても誰が来ても、自分の生活を変えない。フェンスがあることも気にせず、今までと同じ暮らしを続ける。いつか「竜宮城」のママが言っていた言葉を思い出した。

フェンスがどうのと騒ぐ連中は、誰よりフェンスが好きなんだ——

魚ですっかり膨れた腹を撫でていると、庭先に南原がやって来た。脚を投げ出し横になりかけた体を、ツキヨは両腕で支える。南原は、金だらいに残る炭を見下ろし、ひとこと「ガキどもが」と吐き捨てた。サボテンがはびこる石塀に向かって勢いよく小便を放つ後ろ姿は隙だらけだ。

南原がサンダルを足から振り落としながら家に上がってくる。ツキヨは目の前に仁王立ちとなった南原を見上げた。

「よう、ツキヨちゃん。御職《おしょく》を離れて、ちょっとはさびしくなってないか」

「ぜんぜん」

「おじさんは、ちょっともぞもぞしてるんだけどな」

「勝手にもぞもぞしてなよ」

言い終わるか終わらぬかのところで、南原の手がツキヨの腕の付け根を摑んだ。そのまま薄い布団まで二メートル引きずられ、腕が離れたころには観念した。

「ちょっとぺろっとやってくれればいいからさ」

ヒロキも、万次郎も、誰もなにも言わなかった。音も風もない。

南原は小便臭いものをツキヨの口にねじ込むと、両手でがしりとツキヨの頭をおさえた。できるだけ喉の奥を開いて、突き当たりの摩擦に耐える。南原が右手に唾を吐き、素早く根元に塗りつけた。唇のかさつきはなくなったけれど、やに臭さが増して、さっき食べたばかりの魚が上がってくる。

「いいね、いいよツキヨちゃん」

行ったり来たりに飽きた南原が、ツキヨの喉の奥へ奥へと押し入ってくる。呼吸ができなくなり、いよいよ苦しくなったところで男の太股にしがみついた。

「おっと、可愛い顔が紫色になっちゃった。悪い悪い、気持ち良くて気づかなかったよ」

喉の奥に男の垢《あか》や毛がはりついて、呼吸をするたびに粘膜の上でそよいだ。うがいをするか、せめて水を飲みたい。

南原の足の裏がツキヨの左肩を押した。仰向けに転がったところで、両足首を取られた。下着の狭いところを横にずらし、空洞を突いた。かさかさと音がしそうな洞穴だったが、五回目の復路でぬめりを連れてきた。快楽の欠片もなしで、この体はよく働く。ツキヨは喉の奥にはりつく異物と亀裂に収まる異物にうんざりしながら、自分の体を褒めた。

「俺ね、パンツ穿いたまんまの子とするのが好きさ」

持ち上げられた自分の両脚が、天井に向かってぶらぶらしているのが見える。マリンブルーのペディキュアがはげ落ちてみっともない。揺れるつま先を眺めながら、十五分では済まない気配を感じ取った。放っておいたら日が暮れても夜が明けても終わらない。

ツキヨは腰を使って男の先端に刺激を与えようと、尾てい骨を持ち上げる。息を荒くしてみる。陰茎がほんのわずか肥えたのが感じ取られ、腰の動きを速めた。義父に習った快楽が、彼の死後ツキヨの中で育つことはなかった。誰も彼も優しいのはほんのひとときで、すぐに快楽など帳消しにするような痛みが待っているのだ。

「ツキヨちゃん、泣くほどいいかい。そりゃ嬉しいな」

男の腰を追おうとするツキヨから、南原が退いた。ほっとして脚のあいだを見る。陰茎はまだ天井を指していた。

「それじゃあ、今度はこっち」

鼻歌まじりにそう言うと、南原がツキヨの後ろ洞にぬめりを移し、容赦なく埋めてくる。ツキヨは努めて力を抜き、息を吐いた。すべて収めた男の先端が、背骨を通して頭蓋骨のてっぺんまで届きそうだ。力を抜いておくことしか、自分を守る方法がない。頭の芯が痺《しび》れてきたころ、南原が呻《うめ》いて果てた。

「ツキヨちゃん、汚くしちゃったね。悪い悪い。大きくなっちゃうと抑えがきかなくて困るよね」

南原は動けないでいるツキヨの髪を摑んで、ちいさな風呂場に連れて行った。ツキヨは黴で真っ黒になったタイルの目地を見ながら、残り湯で体を流す。ぬるま湯だというのにときどき熱くてかなわない部分がある。熱いのではなく、痛いのだと気づくまで少しかかった。

体を拭うタオルに、ところどころ血の染みができた。しばらくのあいだ、トイレがつらい。それでも、腫れあがったヒロキの姿を思い出せば、殺されないだけいいように思えた。ヒロキの母親はここでどんないたぶられ方をしたのだろう。南原が来ているときは幼いヒロキを外に出していたという女を思い浮かべた。

立っているにも座るにも、体が痛かった。庭をぐるりと見回してみる。炭を金だらいに入れたまま、ヒロキと万次郎が消えていた。

「あいつら、ツキヨちゃんを放ってどっかに行っちゃったね」

南原は台所にべったりと座って泡盛を飲み始めた。

おばあが仕事を終えて帰ってきても、万次郎とヒロキは戻らなかった。台所で、擦れ声が高くなる。

「お前またこんなところで。あれ、みんなどこに――」

おばあが振り向き言葉を切った。家の中を通り過ぎる風が向きを変える。おばあのつま先が南原の太股を蹴った。

「また悪さしたね。うちで今度そんなことやったら赦さないと、あれほど言ったろう。どれだけ好き勝手やれば気が済むんだ」

南原の脛を蹴り上げて、おばあはツキヨのところにやってきた。

「ツキヨ、起きられる？」

「だいじょうぶ、ごめん」

「あんたが謝る話じゃない。だいたいの想像はつくんだよ、昔っからあの男のことはよく知ってるんだ。悪かったね」

ツキヨは、小路でヒロキも似たような目に遭っていたことを告げた。おばあは歯のあいだから息を漏らしながら「あいつは、悪い病気さあ」とうなだれた。板の間を伝って、南原のいびきが響いてくる。奥武島に来てから、みな小路にいるときとは違う貌《かお》を見せた。寝そべったツキヨの横におばあが腰を下ろした。ポリ袋からひとつ、てんぷらを出してツキヨに渡す。

「イモともずくで、腹の中洗い流したらいい」

ツキヨはイモのてんぷらを囓った。まだ少し温かみを残しているてんぷらは、遠く離れた家族の食卓を思い出させた。おばあの味だ。

「万次郎先生とヒロキは、どこに行ったんだい」

「わかんない。いつの間にかいなくなってた」

おばあがいると、家の中の空気が左右に細かく揺れる。暑い部屋なら涼しい風を、寒い部屋には暖をくれそうな、柔らかな振動がある。

「おばあは、やっぱりユタなんだ」

「そんなたいそうなものじゃないと、言ったろう」

「いいんだ、どっちでも。そう思えば、そうなってゆくさ」

「好きな棚に上げておくといいさ」

袋のてんぷらを口に入れながら、おばあの言葉はいつもと変わらない。ツキヨの体に残る痛みは、時間が経つほどに増えてゆく。尾てい骨も、肘《ひじ》も膝も、関節という関節が油ぎれを起こしている。首の付け根に鈍痛、肘には擦り傷。南原の快楽は、誰かの痛みとひきかえにしか得られない。

「ヒロキのお母さんって、どんな人だったの」

「ちいさい子だった。思うような売り物にならんもんだから、南原がいいようにしてたんだろう。ひとの言うことを聞くしか生きる方法のない人間なんて、この世にいっぱいいる。言うことを聞いて生きて行けるなら、それでいいさ」

「言うことを、聞けない人間はどうなるんだろう」

おばあはちらといびきをかいている南原を見て、擦れ声を低くする。

「早死にするさ」

「ヒロキのお母さん、元気だったらいいね」

おばあはひとつ息を吐いて「このあいだ、店先にいた」とつぶやいた。こそこそと言葉を繋ぎ、おばあが続ける。

「レンタカーの客だった。てんぷらを届けたら、助手席にいたのがあの子だったよ」

ヒロキの母はおばあからてんぷらを受け取り、なにか言いたそうにしたけれど、運転席を気にしている様子で丁寧に礼を言ったという。

「ふたりとも観光客の服装だった。わかるんだよ、なんとなく。逃げ切って島の外に出られたんだなと思って、ほっとしたさ。わたしが生きてりゃ、ヒロキも生きてる。なんにも言わなかったけど、お互いわかったさ」

看取りの天使を産んだ女は、我が子を手放して生き延びた。猫も人も、吸い寄せられるようにヒロキを包む死の匂いを嗅ぎに来る。ツキヨは「暗い日曜日」を初めて訪ねた日を思い出した。ヒロキがあの日見せてくれたのは、まばゆいばかりで姿のない光だった。五分で届くという光まで、人はいったいどれだけ歩かねばならないのだろう。

「あの子はさ、南原から逃げたわけじゃないんだ。どこに行っても行き止まりの島から、痛い思いして飛び出したんだよ。光を見られたなら、祝ってやるさあ」

南原は人のかたちをしているが、行き止まりのフェンスだった。かいくぐって旨い汁にありつける者も、四方を取り囲まれる者もいる。ツキヨは昼間ヒロキが魚を捌《さば》いていた包丁を思い浮かべた。

「今なら、腹を刺しても気づかないんじゃないかな」

「ツキヨがやらなくても、いつか誰かがやるさ」

「おばあがやる？」

ゆるりと横に首を振る。ツキヨは「なんだ、がっかり」とつぶやいた。

「父親が違うとはいえ、兄だからね」

盛大なため息と諦めの気配を吐き、ほのかな光を見た。南原がここにやってくるわけも、おばあのそばならどんな悪事も妹に怒られるだけで済むからなのだ。

「あいつも、おばあも、ちょっとずるいさ」

自分の諦めがうまく言葉になった。おばあは口の両端を引き下げて言った。

「本当だ」

体の痛みも、時間がくればおさまる。こんなことで心が折れるようなら、今ごろもっとひどい暮らしをしていたはずだ。ツキヨはどこで暮らしていても、自分の選択にはあまり大きな間違いがなかったように思う。おばあはアオサのてんぷらをひと口齧り、飲み込むついでみたいに言った。

「ツキヨ、ここを出て行くといい。お前は島の土になる女じゃないから」

「島の土ってなに」

「ヒロキが拾ってきた猫とは、違う。万次郎先生のこともヒロキのことも放って、ここを出て行きなさい」

土に埋まったランコさんと、夜明け前のグラスボート乗り場にいた万次郎の姿が重なった。不思議に思わないまま「うん」と頷く。彼がヒロキのそばで死にたい猫ならば、すべてが腑に落ちるのだった。

台所に転がっていた南原が、唸《うな》りながら寝返りを打った。ツキヨは、ヒロキが南原を手際よく捌いて内臓を捨てるところを想像しながら、体の痛みを逃がした。

万次郎とヒロキが戻ってきたのは、海の端に太陽の名残が消えたころだった。ずぶ濡れのヒロキとくわえ煙草の万次郎が家に上がると、つよい海のにおいがした。

「おばあ、大漁だったよ」

ヒロキが台所で青いビニール袋を渡した。

南原は起き上がって、テーブルに並んだ料理をつまみ始め、泡盛の瓶を離さない。魚をおばあに預けて、ヒロキがツキヨのそばにやってきた。Tシャツとハーフパンツを取った体は鋼《はがね》みたいな筋肉をたたえていて、背中のモナ・リザがいつもよりにこやかだ。

「今日のモナ・リザ、なんだかすごく嬉しそうだね」

ハーフパンツを穿き替えたヒロキが振り向いた。恥ずかしそうに腰を屈《かが》め、ツキヨの耳のそばに口を寄せる。海のにおいが増して、水底が近づいてくる気がする。

「万次郎先生と、キスしたんだよ」

こっそり放たれた言葉に、大げさな笑顔を返した。

万次郎も、そろそろ死にたいのだ――

「良かったね。大事にしてもらうんだよ」

天使には天使の愛し方がある。おばあが魚を捌く台所からは血のにおいが漂ってくる。

今夜ツキヨは南原の死を願い、万次郎の幸福を願い、ヒロキの純真を羨《うらや》み、おばあの存在に感謝した。

自分のことは、なにも祈らなかった。

9

大粒の雨が屋根を打っていた。

ツキヨは目覚めてすぐに、雨と一緒に流されることに決めた。おばあが言うとおり、奥武島を出てゆく。荷物はバッグひとつきりだ。横たわる体に、雨音が響いてくる。雨のひと粒ひと粒が、土に撥ねては毛穴に沁み込んでくる。

「雨だね」

隣にいたヒロキが起き上がった。ツキヨをまたいで台所に立つ。ヒロキが真っ先にしたことは歯磨きだった。

「ヒロキ、そんな習慣あったっけ」

「万次郎先生に教わった。朝いちばんで口の中をきれいにすれば、一生歯のことで困らないって」

声が雨音よりも撥ねている。起き抜けに「一生」なんて言葉を聞かされて、なんだか気恥ずかしい。ヒロキは恋が始まったばかりの女の子みたいだった。昨夜万次郎とキスできたことがそんなに嬉しかったのかと、ツキヨが呆れるくらいの笑顔だ。当の万次郎は、仰向けで転がっている。起きているようにも、気を失っているようにも見える。無防備を装っているのか、誰に殺されてもいいと思っているのか、目を瞑った姿から想像できるのは空っぽな内側だ。

ヒロキが声を出してうがいをする。

「朝いちで口の中の雑菌を外に出すんだよ」

ヒロキが自分の体を隅々まできれいにするのは、万次郎を喜ばせるためだ。

「羨ましくなるくらい幸せそう」

つぶやきに応えるように、万次郎が目を開けた。やはり眠ってなどいなかった。ツキヨは声を落としてつぶやいた。

「ヒロキがものすごく嬉しそうだよ」

万次郎は応えずに起き上がった。彼自身はうがいもしないまま、庭に面したガラス戸を開けた。土を叩く雨の前で煙草に火を点けた。自身の歯の手入れを怠る男にはもう「一生」の言葉が持つ虚しさが解っている。

髪の先まで湿気りそうだ。おばあの家に沁み込んだ時間が、ほんのり饐えたにおいになって畳やタオルケットから立ちのぼる。肺いっぱいに吸い込むと、むせた。

「ちょうど雨だし。あたし、ここ出てくね」

ヒロキがくるりと振り向いた。口元に浮かれた気配を残している。青い空なら澄んで見える目が、天気を映して今日は黒っぽい。

「ツキヨひとりで戻るの？　南原さんここにいてもいいって言ってたよ。ずっと三人でいればいいって。なんで出てくの」

おばあの言葉をどう説明すればいいだろう。ツキヨは答えないほうを選んだ。髪を掴まれて引きずられるのはけっこう痛いのだと訴えたところで、ヒロキに伝わるとも思えなかった。誰もが自分の欠落と過剰でしか感情を受け取れない。

ヒロキにはツキヨが発するどんな言葉も雨音ほど響かない。ヒロキは、明日の痛みを想像する力がないせいで、今日のご飯が美味《おい》しいのだ。誰も天使を責められなかった。

「南原さん、どこ行ったんだろうね」

「知らない。おばあに訊いてくる？」

「いい。ずっと黙っていいよ。あたしのことはトイレに行ったとでも言っといて」

南原から受け取った金は、昨日で多少は返せただろう。不思議なことに、気がかりと興味がひと束になっている。万次郎はこの先も死人でいるつもりか。看取りの天使に惚れられて、島の土になる男の裡に広がる景色。その昏さ。

土になる前に、とツキヨは「ねえ」と万次郎の背中にひとつ提案した。

「あたしもしてみるから、万次郎先生も電話しちゃいなよ。おかあさんのところ」

たちの悪い悪戯をしかけた。振り向いた万次郎の口元で、煙が行き先に迷っていた。

携帯電話を持っていたころは、いつでも誰にでも連絡を取れることが薄気味悪かった。連絡できる先がなくなってからは、携帯電話を持っていることが面倒になった。

「電話なら、市場にあるよ」

ヒロキがこれ以上ないと思うほど明るい声で言った。ヒロキの興味は、自分がいつどんなふうに万次郎との距離を縮めてゆけるかに向けられている。

「市場って、グラスボートの券売所のあるところ？」

刺身や総菜の並んだショーケースは思い出せるが、電話は記憶にない。そのときどき、興味のないものは視界にも入らないのだった。ヒロキが頷く。

「ピンク電話、十円入れれば誰とでも話せるよ」

「ヒロキ、ピンク電話はピンク電話を持っている人としか話せないんだよ」

「知らなかった」

「嘘だよ」

真に受けたヒロキをひとしきり笑う。数秒の沈黙が湿って重たくなったころ、万次郎が「そうだな」と言って大きな煙を吐き出した。ツキヨは冷蔵庫に残っている、おばあが味付けした豚足を惜しんだ。あれもこれも、昨夜食べそびれたものがたくさん残っているはずだ。けれど、それを食べれば半日、一日と出発が遅れる。

「じゃあ朝ご飯食べに、市場行こうよ。お別れだから、あたしが奢《おご》る」

「僕、玉子焼きとおにぎりがいいな」

ヒロキはお別れの意味がわからないようで、顔を拭いたタオルをくるくる回しながらはしゃいでいる。そういえば、とツキヨは目を閉じた。

「暗い日曜日」に行ったのも雨の日だった。来た道を戻るのはそう苦でもないだろう。ぽつぽつと歩いているうちに、必ず行き先が見えてくる。奥武島を一周するのに三十分かからないのと同じ。真っ直ぐ歩いているつもりでも、同じ場所に戻ってくる。寄り道は楽しい。途中いろんな人に会って、ちょっと痛い。楽しくてかなしい。

ツキヨは歯を磨いてからタオルケットを畳み、寝具を壁に向かって丸めた。縁のない畳の境目から黒い髪の毛の毛先が何本も顔を出していた。古い畳のすりきれたところにも、黒々とした毛が引っかかっている。視界に入った数本を指先でつまみ上げた。

三十センチはありそうだ。ツキヨよりずいぶんと太い。丸顔の若い女を想像した。おばあのものでもなさそうだ。おばあの言葉を思い出す。

――うちで今度そんなことやったら赦さない。

南原がここでどんな悪さをしようと、おばあは彼を本気でいためつけたりはしないのだ。南原もそれがわかっているから、何度も同じことをする。

痛い思いは一度でたくさんだった。万次郎の横に立ち、髪の毛をつまんだ左手を外に突きだす。雨粒が皮膚を叩いて、長い髪が指先から解《ほど》け、見えなくなった。

「先生は那覇に戻らないの？」

「わからん」

「あのお店なら、ずっといられたかもしれないな、あたし」

そうか――返ってくる語尾に重たい煙がぶら下がり、散った。

言ってしまってから、なるほどと思っていた。ツキヨはひととき人肌の繭《まゆ》に籠もっていたのだった。短い時間がもう懐かしくなっている。懐かしさは、二度と同じ場所に戻れないことの証明だった。

「そうと決まったら、行こう」

玄関に立てかけてある傘はどれも穴が空いているか骨が折れるかしていた。ヒロキが鼻歌を歌いながら雨がしのげそうな傘を選ぶ。

「これじゃあ、ひとり一本は無理だ。相合い傘になっちゃうかも」

なかなかこれという二本にたどり着けない。六本ある傘の、半分が開かなかった。

「あたしにはできるだけまともなのをちょうだい」

その傘で橋を渡るんだから、と言い添えた。万次郎のジーンズのポケットに、煙草の箱の膨らみがある。ツキヨは指先で箱のあたりをつついた。

「いいやつ一本、残ってる？」

訝《いぶか》しげな眼差《まなざ》しをツキヨに向けて、万次郎がひとつ頷いた。

「ちょうだい。餞別《せんべつ》代わりに」

「どこに行くつもりだ」

「どんつき」

驚くほどなめらかに、答えがこぼれ落ちる。万次郎が尻のポケットからひしゃげた箱を抜く。箱ごとツキヨの手に握らせたあと、ライターもつけて寄こした。

「ありがとう、親切だね」

ツキヨは手にしたバッグの中へ、煙草の箱とライターを滑り込ませた。

ヒロキが「これにしよう」と、両手に一本ずつ傘を持つ。透明のビニール傘を受け取り、広げた。八本ある骨組みの二本が折れていた。右手に持った狭い傘の内側に立ち、左手にバッグを提げる。雨に撥ね上がった、砂の多い土がサンダルの足を汚す。汚れても惜しくない。洗えば何度も使える。体の隅々に残る痛みも、空が晴れるころには半分に減っている。誰でもない、ツキヨが過ごしてきた時間がそれを教えた。


今日はグラスボートも欠航だ。色とりどりの魚たちも、撒き餌《まえ》にあくせくすることなくのんびり海流と遊んでいるだろう。ショーケースの魚も、今日は少なめだ。総菜目当ての客が、ひとりふたりとやって来る。ツキヨは魚の揚げ物と玉子焼きとおにぎりを三人分買い求め、ヒロキに渡した。お釣りはできるだけ十円玉で欲しいと告げると、気のいい声が返ってきた。

「さて、どっちが先に掛けようか」

「好きにしろ」

「それじゃあ、じゃんけんで決めよう」

万次郎の眉間に軽く皺が寄る。

ヒロキが言ったとおり市場の片隅に、骨董《こっとう》品かと思うようなピンク電話があった。ツキヨは後出しじゃんけんで間違わず勝って、負けた万次郎が先に電話を掛けることになった。特別嫌な顔をしないのが万次郎らしい。受話器の近くに耳を近づけようと隣に立つと、湿ったTシャツからうっすらと汗のにおいがした。

市外局番03で始まる電話番号だった。昨日ツキヨを放って消えていたふたりへの仕返しとして思いついた罰だ。大声で嗤《わら》わねばならない。時間差で、みんなどこかが痛い。痛くて泣きたい。

雑音の谷間、呼び出し音がふつりと切れた。

「タカシマでございます――」

万次郎はなにも言わなかった。ツキヨは十円玉を足す。かつんかつんと景気よく落ちてゆく金属音が気持ちいい。万次郎も、光までの遠さを実感しているだろう。

「タカシマですが、どちらさまですか――」

受話器から漏れてくる声は、ツキヨの想像とは違って尖《とが》りがなかった。柔らかで品がいい。十円玉の落ちる音は、彼女の耳に届いているだろうか。横から受話器を取って、息子さんはいま奥武島に居ますよと告げたい。

「どちらさま——」

優しげな声がそこで切れた。万次郎は受話器を握ったまま首をくるりと回す。一秒、二秒——優しげだった声が甲高いものに変わった。

——コウタロウさん

名が二度繰り返されたところで、万次郎は受話器を置いた。ピンク電話に吸収されなかった十円玉が派手な音で戻ってくる。切れた電話の向こうで、母親は飽きるまで息子の名前を叫んでいるだろう。万次郎の本当の名がコウタロウだったと知って、笑いがこみ上げてくる。

「コウタロウ、だって」

「こうたろう、って誰?」

ツキヨの背後でヒロキが明るく問うた。

「万次郎先生の、本名だよ」

振り向き、どっちが好きかとヒロキに訊ねる。どっちも好きだと返ってきた。

「そりゃそうだ。名前変えたって、同じ人間だもんね」

ツキヨが放つ意地の悪いひとことにも、ヒロキは真っ直ぐに「うん」と答える。雨脚は弱まる気配もなく岸壁の景色を濡らし、対岸の本島を霞《かす》ませた。

「ほら、次はツキヨだよ」

ヒロキの笑顔はそのまま、ささやかな意地悪への仕返しになった。万次郎の体温が残る受話器を持ち上げた。大根くらい重たい。記憶の底から実家の電話番号を引っ張り上げるものの、その番号が同じ場所で使われている可能性は低かった。十円玉を入れて、万次郎の決意の百分の一も感じることなく市外局番を押す。後ろでヒロキがつぶやいた。

「0154——それどこ?」

「すごく遠いところ」

「どのくらい遠いの」

なにか気の利いたことを言ってやろうと思ったら「月よりも遠い」となった。二度と会わなくていい肉親もいるのだ。母親という言葉がぽっかりと浮いている。現実と心の裡には、責める響きばかりがつきまとった。

男を腹で咀嚼《そしゃく》しながら暮らしていれば、面倒なことを考えずに済んだ。面倒から逃げているうちに、月より遠いところに来てしまった。

ツキヨにそそのかされて、最後に母親の声を聞こうなどと思った万次郎の甘さが悲しかった。電話の理由をツキヨになすりつけて、自身の心根を試したのなら大笑いだ。

呼び出し音を十回聞いて、万次郎に視線を流した。受話器を無表情の男に向ける。

「いないみたい」

受話器を置いた。最初から働く気などなかった十円玉が、乾いた音をたてて落ちてきた。

「おにぎり、食べようか」

ひょろ長い市場を出て、庇《ひさし》の下のベンチに腰を下ろした。晴れた日なら日除《ひよ》けだが、今日は雨宿りだ。雨粒が引き下ろすぬるく湿った空気を感じながら、煙った岸壁を見る。

ヒロキの手からひとりひとつずつ、市場の名物女将《おかみ》が握ったというおにぎりが渡された。

「これ美味しいんだ。ボートのチケット売ってたとき、よくママさんにもらって食べた」

細く切った昆布が柔らかく甘辛く煮付けてある。ラップフィルムを外して、万次郎も黙々と食べている。二度とない時間を予感させ、今日の雨は優しく降る。

「魚と玉子焼きもちょうだい」

ヒロキがプラスチック容器の輪ゴムを外した。指でつまんで口に放り込む。白身の魚と衣に沁みた油が甘みを連れてくる。玉子焼きも、甘い。

「タカシマコウタロウだって」

「悪いか」

「パチモンの浦島太郎みたい」

万次郎が捨てた名前なのか、彼自身がその名に捨てられたのか。どちらにしても、母親は再び南原に送る金を用意する。息子が生きていることを確信して嬉しさに泣いている。

この世には居場所を移動させながら流れてゆく女と、その場から一歩も動かずに心を流してゆく女がいる。

――流れてゆくしかないのね。

優しげなユタのひとことが、ツキヨの耳の奥を通り過ぎる。ツキヨは日が差す前にこの旅を終えたくなった。

「先生は、現実から逃げることで、誰かの売りものになっちゃったんだ。男だから仕方ないよね。あたしはさ、自分を売り切る前に売れるもんもうひとつ残ってるから。使うたびにどっか痛いし、いいんだか悪いんだかよくわかんないけどね。それでもまあ、買う人間がいるからありがたいよ。あたしたちは自分が生き延びるためにも、男に金を持たせてなきゃいけないいんだ」

この男に惚れないで済んだことにほっとした。痛みにうずいていた歯がもうないように、楽しかった時間もすっきりと抜け落ちた。悔しくもさびしくもない結末は、義父が死んだ日に見た雪景色に似ていた。

ヒロキに、県庁の近くまで行けるバスはないかと訊ねてみた。しなやかな指先を橋の向こうに向けて「あっちにあるよ」と返ってくる。

「ここまで来るのは、朝と夕方だけなんだ。蕎麦屋さんを通り越して、大きな道まで出たらバス停がある」

空になった容器を輪ゴムで留めた。バッグを左手に提げ、ビニール傘を広げる。

「ひどいな、ちょっと待ってろ」

市場に引き返した万次郎が、新しいビニール傘を手に持って戻って来た。餞別代わり、と言ってツキヨに手渡す。

短く礼を言って傘を広げた。

「ありがと、さよなら」

「ツキヨ、またおいでよ」

ヒロキひとりが笑顔だった。雨の中へ一歩出ると、撥ねた水でつま先の汚れが落ちる。汚しては洗い、洗ってはまた汚れることを何度繰り返してもツキヨが死にたいと思うことはない。丈夫に生まれついてしまったばかりに痛いところはいくつもあるが、この体はまだツキヨのために働いてくれそうだ。振り向かずに橋まで来た。奥武島の居心地のよさもここまでだった。

タカシマコウタロウだって――

音にせずつぶやいて、吹き出しそうになる。

なにが、ジョン万次郎だ――

ツキヨの乾いた笑いは、本島への橋を渡りきるまで続いた。

バスに揺られていた小一時間、ツキヨは長い夢をみた。生まれたときから沖縄に流れ着くまで、静止画像が次々と現れては消えた。動く映像はひとつもなかった。アルバムをめくっているのだと気づいたとき、目覚めた。過ぎた日の画像はツキヨの心を一ミリも揺らさない。今日は、傷つきもしない自分の心根がただありがたかった。

奥武島より雲は薄いが、国際通りも雨模様だ。海のにおいもしない。傘とバッグを提げて外気の熱に紛れると、今がいつなのかわからなくなった。「暗い日曜日」の扉を探して歩いた日に戻ってしまったみたいだ。

公設市場の入口にたむろする修学旅行生や観光客、太股や大ぶりのピアス、穴だらけのジーンズ、派手なTシャツ、マニキュア、つけまつげ――フェイクは万全なのに口をへの字にする若さ。ツキヨは自分の口から奥歯がなくなっていることを確かめ歩き出した。

美容室で髪を切り、りんりん食堂に立ち寄ると、パパさんが珍しくツキヨの顔をしっかりと見た。近所の商売人がひとり、テーブル席でビールを飲んでいる。カウンターに座り、ビールと角煮を注文した。パパさんは「うん」と頷いてジョッキにビールを注いだ。油と酒と、醬油のにおいが充満しているりんりん食堂には、時間の流れもない。

ジョッキの半分を一気に喉に流し込む。記憶の隅に残っていた古い画像が消えて、頭の中が「いま」でいっぱいになる。パパさんの視線がツキヨで止まる。

「パパさん、どっか働けるところないかな」

初めてここにやってきた日と同じ質問をした。パパさんは浅黒い顔にたくさん皺を寄せた数秒後、突きだしのポテトサラダと角煮の小鉢を差し出した。

「『竜宮城』に、部屋が空いてる」

パパさんも、初めてやって来た日と同じ言葉で答えた。なにやら最初から決められた台詞《せりふ》を言っているような滑稽さだ。ビールを飲み干し、二杯目を頼む。油で曇った壁掛け時計を見ると午後一時を指している。女の子たちが朝ごはんを食べにやってくる時間帯だった。

「あたしやっぱり、海の底じゃないと上手いこと踊れなかったよ」

「一度陸に上がってみたかったんだろう。この先何度でも上がれるよ。海の底も悪いところじゃない。そのときいちばん楽なところで踊るがいいよ」

パパさんは普段無口だけど、慰めるのも褒めるのも上手い。陸でなにを見たのか訊ねられ、ツキヨは二杯目のジョッキの重たさを確かめながらモナ・リザと答えた。

「いいもん見たじゃないか」

「うん――」

ヒロキの背中が万次郎の下でうねるところを思い浮かべた。想像の行き届かないところにはふたりが吐き出した煙が立ちこめている。背景が「暗い日曜日」でもおばあの家でもなく、いつかフランス映画で観たような大きなベッドだったことが可笑しい。

「陸は陸で、面倒くさいもんがいっぱいだった。『竜宮城』もたいして変わらないけどさ」

金のやり取りがないと、金より面倒なものに踊らされる。この世は案外うまく回っているんじゃないか。腹に入れたアルコールが節々の痛みを連れてきた。ひとつふたつと数えているうちに、小鉢の角煮が消えた。舌の上を通り過ぎ胃の腑に落ちるころにはどんな味も懐かしいものになると、どうして食べる前に気づけないんだろう。パパさんがゆっくりとした口調で言う。

「面倒がらずにやってることでしか、金は入ってこないさ」

いい言葉を胸に落として、りんりん食堂を切り上げた。ビールが一杯おまけになっていることに気づいたのは、店を出て雑踏に紛れてからだった。

「竜宮城」の見える通りまで来ると、観光客もまばらになる。閉めたカフェの軒先に広げられた、黒いこうもり傘が目に入った。傘の端からすり切れて埃だらけの革靴が飛び出している。留守をしているあいだにやってきた、新たな住人だろう。日々の煙草銭を稼ぐ口は見つけただろうか。凍えることのない土地には、不思議な人間がガジュマルみたいに生えてくる。このガジュマルには足が生えているので、台風が来れば来たでしのげる軒先を探し当てる。おばあの庭で手足を伸ばすしぶといサボテンを思い出した。

バッグの中から万次郎にもらった煙草の箱を取り出した。一本くわえて火を点ける。枯芝を燃やしたような安っぽい香りが甘みに変わり鼻先に溜まった。目の前のこうもり傘に、焦点が合ったり合わなかったり。妙に澄んだかと思うと遠く霞む。あたりが明るく見え始めたところで火を消し、箱に戻した。

五分もかからないじゃない――

久しぶりに「竜宮城」の入口で、ママのつけている安香水のにおいを嗅いだ。嗅覚《きゅうかく》が研ぎすまされている。けれど、視界はいつもよりずっと明るい。ママの部屋へ上がっても、明るさは変わらなかった。今なら暗闇で十円玉を探せるかもしれない。

「ごめんください」

テーブルも琉球畳も座布団も、なにも変わっていないけれどママがいない。戻るまで待つつもりで、入口にバッグを置いて座布団を引き寄せた。二階のドアが開く音がする。

客が帰るのか――横目で階段を見る。板をきしませて降りてきたのは、ツキヨがここから出てゆくときにいた娘だ。不安げな表情は消えて、目元と口元に気怠さと苛立《いらだ》ちの両方を持っている。ツキヨの顔に見覚えはあるようだが、咄嗟《とっさ》には名前が出てこないようだ。

「ママは？　あたしツキヨ」

彼女は「ああ」と頷きながら、遠慮のないため息をひとつ吐いた。

「二日で戻るから、そのあいだちょっとここを頼むって言われたんですよ」

「どこに行ったわけ」

「わかんないから困ってるんです。二日って言ってたのに、もう五日も帰って来ないんですよ。ツキヨさん、心あたりないですか」

「知らないね」

あのごうつくばりが大事な店を空けるには、よほどの事情があるんじゃないか――思ったところで笑いが漏れる。

男か。

「上がりをごまかせて、喜んでる子は喜んでるんですけどね」

彼女は、自分はそろそろここを出るつもりだったのだと言った。

「留守のあいだに出て行くようなことしたくないなって思ってたんですけど。連絡つかないし、困ってたんです」

「あんた、それあたしへの厭味《いやみ》？」

そんなつもりじゃ、と真顔になった彼女にツキヨは濃い笑みを返した。

つと、りんりん食堂のパパさんが言っていた言葉を思い出す。

「竜宮城」に、部屋が空いてる。

空いていたのはママの部屋だったらしい。ツキヨは更に笑顔をはりつけ彼女に言った。

「いいよ、あんたは出てって。あたしが代わりに店番してるから」

彼女の眉間から棘が抜けた。「助かった」とひとこと残して二階へ上がってゆく。

ツキヨはぐるりとママの部屋を視界に入れる。だいたいのものは揃っている。ツキヨのすることは、客の割り振りと冷蔵庫の中身の補充と、時間の管理だ。二階で脚を広げているよりずっと楽だ。ママが戻ったところで、二階に移ればいい。これでしばらくは飯にありつけると思ったら、みぞおちのあたりから笑いがこみ上げてきた。どこまでも流れて行くしかないけれど、岩に埋まったシャコ貝みたいに流れた先に自分用の穴があるのはありがたい。大切なのは、穴より大きくならないことだ。

やっぱりここは竜宮城だった。ツキヨは先ほど火を消した煙草の残りに、再び火を点けた。ママが使っていた灰皿を、テーブルの端から引き寄せる。目を閉じると、今まででいちばんの速さで光が近づいてくるのがわかる。五感は尖ってゆくのに、その中心にある胸の裡はどんどん鈍くなる。鈍い芯に手を伸ばしてみるが、いつまで経っても届く気がしない。光の速さで、長い坂を転がり落ちているようだった。万次郎はこれでいったいどこを漂っていたんだろう。

りんりん食堂で飲んだビールが溜まっていた。立ち上がりかけ、バッグを引き寄せる。財布を取り出し座布団の下へと滑り込ませた。座布団の上にバッグを置いておけば、誰かが物色しているうちにトイレから戻ることができる。バッグより先に座布団の下を覗くのは、ツキヨ以外はママくらいだろう。二日のつもりが五日になっている彼女が、奥武島行きのバスに乗っているところを想像してみる。陸に上がる道は生きものの数だけある。

用を足して部屋に戻ると、誰かが階段を駆け上がる音がした。座布団の下に財布があることを確かめる。そういえばここで財布を肌から離してはいけないのだった。

ツキヨがママの部屋に入った翌日、五人いた女の子のうち三人が「竜宮城」を去った。残ったふたりも出来れば他の店に移りたいと、涼しい顔をして言った。

「ああそう。部屋は次の子が気持ちよく使えるように片付けて行ってね」

ツキヨの乾いた反応に拍子抜けしたふうのひとりが髪をかき上げながら「もうちょっといようかな」とつぶやく。

「ご勝手に」

とりあえず寝る場所があるのだし――りんりん食堂経由でやってくる子を待てばいい。間に合わないときは自分の体がある。

「ちょっとあんた、おつかいに行って来てくれるかな」

居残りを口にした子に、近所のお店でおでんと豚足を買ってきてくれるよう頼んだ。奥武島で食べたおばあの味を、ひとつひとつなぞりたくなっている。ツキヨは、万次郎に抱かれているモナ・リザを想像して、体に残る痛みを逃がした。

10

三日続いた雨が上がった。乾ききらない土や木の根やゴミのにおいが通り過ぎてゆく。ツキヨが「竜宮城」に戻ってから一週間が経った。ママはまだ帰ってこない。五人いた女の子たちのうち、青森出身の三十二歳と大学を休学中の二十歳が残った。ふたりとも、ここを出て行くかどうかは元のママが帰ってきてから考えるという。割り切ったものの考え方は嫌いじゃなかった。割り切れれば、どんな状況でも明日を選びとることができる。

空いている時間に三人でご飯を食べるのが日常になりかけているし、なにか美味しいものを口に入れる際に儀式のようにヒロキの瞳や万次郎のことを思い出す自分にも驚かなくなった。あとは時間に慣れてしまえばいいのだった。

太陽の光ににおいがあるなどと、最近まで考えたこともなかった。いまツキヨの周囲には男と女、木々、生きもののにおいが充満している。

店の入口で風鈴が鳴った。座布団から体を起こす。白髪交じりの作業服姿が目に入る。

初めて見る顔だ。

「いらっしゃい。前金だよ」

男はツキヨにくたびれた金を渡すと、階段に足をかけた。馴染《なじ》みの女の子でもいるのかと横になりかけたが、今の「竜宮城」は空室だらけだ。

「お客さん、いま二号室と四号室しか使ってないから」

一号室の子はどうしたと訊ねるので、辞めたと答えた。男がこちらに向き直る。ツキヨが戻った日にここで不満を口にしていた子だ。男のうろたえた様子にツキヨは身構えた。

「どこへ行ったんだ」

「次のお店の話は聞いてない。もう一週間になるよ」

他の子では駄目なのかと問うてみる。驚いたときも考えるときも、男の顔の筋肉は下へ下へと流れ、両腕もだらりと下がる。

「どこへ行ったんだ」

「気の毒だけどねえ」

我ながら元のママにそっくりな口調だとうんざりしながら、冷蔵庫から缶ビールを一本取り出しさっき受け取った金から千円抜いて男に渡した。ツキヨは布団代わりにしていた二枚の座布団を離し、一枚を勧める。素直に腰を下ろしてビールを流し込んだ男の喉は、仕事帰りなのか垢で横縞の模様ができていた。ツキヨは一号室にいた女の子の名前を訊ねた。

「トモミ」

「トモミか、知らなかった。だいたい、ここの女の子たちは名前なんてあってないようなもんだからさ。お客さん、趣味いいよ。あの子この店じゃ、わりとまともだった」

床に置いた缶ビールが乾いた軽い音をたてる。もう飲んでしまったようだ。今度は二本取り出して、ツキヨもプルトップを開けた。面倒が先にたち、自分が代わりを務めようとも思わない。このままビール二本で諦めてくれればしめたものだ。

男は二本目も水みたいに喉へ流し込んだ。むっつりと黙られるとどうしていいかわからなくなる。話題を振ればまたトモミにたどり着いてしまいそうで、ツキヨも黙る。行き暮れた男の行き止まりが見える。

薄暗い小路の壁——小便の染みだらけの低い塀。男はその低い塀さえ飛び越えることができなくなっているのだ。

「よくあることだよ。元気だしな。女なんかいっぱいいるじゃない」

メンソールの軽い煙草を一本勧めた。男は煙草の先でツキヨの差し出した火を受け取り、飽きるほど体に溜めてから煙の釣りを吐いた。ツキヨは煙の先を避けながら、自分の煙草に火を点ける。まだ数本、万次郎にもらったものが残っているのだが、それは「仕方ない」ときのために取ってある。いずれにしても最後の一本は彼の線香代わりに取っておかねばと思っていた。

男は黙々とビールを空け、二本三本とツキヨのメンソールを吸った。一時間もそうしていると、空き缶ばかりが目についた。黙っていても時間は過ぎるし、次第に飽きてくる。ツキヨは男が「竜宮城」を出て行くきっかけをつくるつもりで「トモミ」の話を振った。

「どのくらい通ったわけ、トモミのとこに」

男の白目は赤と灰色に濁っていた。重そうな瞳を持ち上げてツキヨを見る。猫背が前へと押し出した首も、放っておくと床に向かいそうだった。男の首が五センチ近づけば、ツキヨも五センチ後ろへとずれた。

「今日こそ連れて帰ろうと思ったんだ」

「連れて帰るって、もしかしてあんたあの子の身内？」

「父親だ」

ツキヨは思ったよりも厄介な話に首のあたりが痒くなる。「竜宮城」まで追いかけてくる父親と逃げる娘が抱えたものを、聞かねばならないのか。ビールなど飲んでいる場合ではなさそうだ。

まったく、あたしも人の好いことだ――

冷蔵庫から、五合瓶の泡盛を取り出してコップふたつに注ぎ入れる。勧めると男は短い礼を言い、また水で喉を潤すようにして飲んでしまった。

「これ一本飲んだら、おとなしく帰ってね。こっちにも商売があるんだからさ」

頷いた男の額に、泡に似た汗の玉がある。体のどこかが壊れているのだろう。こういう汗にいい記憶もなかった。男は汗の玉によく似た言葉をぽつぽつと吐いた。聞けばトモミは彼の二番目の妻の連れ子だという。

「可愛くて可愛くて、実の母親より俺になついてた。女房は昼も夜も働いてた。トモミはさびしがりだったから、さびしくない方法を教えてやったんだ」

人間の体にある不思議なスイッチをひとつふたつ義理の娘に教えた男は、たちまち娘の体に溺《おぼ》れていった。娘も最初は面白がっていたが、時間が経つにつれ義父を避けるようになった。

「ずっと俺のそばにいるって約束したのに、あいつ家を出てった」

そこから先は、逃げること追いかけること、見つけて交わることを繰り返している。

ツキヨは盛大なため息をひとつ吐いた。

「あの子、やっぱりまともだったよ。思ったとおりだ。あんたもそろそろ止《よ》しなよ。トモミはもう、あんたの娘じゃないんだから」

「娘じゃなかったら、なんなんだ」

「女だよ。あんたなんかいなくてもひとりで生きていける、立派な女になったんだ。あんたはずっとあの子を女にした記憶を大事にしていればいい。この先、トモミの邪魔になるくらいなら」

ツキヨは一度言葉を切った。自分の体から砂粒ほどの正気が立ちのぼる。ようやくあたしは乙姫様になった——自嘲がゆっくり頬を通り過ぎてゆく。

「あんた、死になさいよ」

男は応えなかった。濁った目を揺らし、瞼で隠そうとしている。

「あんたにできることは、迷惑かけずにいつの間にか死んでることだよ」

ツキヨも瞼を閉じたくなってきた。けれど今は、男の様子をしっかりと見なければいけないのだった。男は、義父の、生きていればもしかしたらの姿だ。

「死ねば喜んでくれるのか」

「たぶんね」

男は音になるかならぬかの声で「わかった」とつぶやいた。作業ズボンのポケットから財布を取り出し、再び角がみな同じ方向に折れた千円札を八枚抜き取る。テーブルの上にそれをのせ「ここでいいか」と訊ねてきた。

「いいけど、客が来るかもしれないし、落ち着かないよ」

「いい、すぐ終わる」

ツキヨは座布団を二枚並べ、下着を取った。男が膝立ちで、しおれたものをツキヨの手に摑ませる。太股まで下ろしたトランクスから、汗と皮脂がにおった。

一分もさすったところで、男は雑に剃ってザラメをまぶしたように見える顎を引いた。

ツキヨはころりと座布団の上に転がり、両脚を男の肩幅まで広げた。あとはひととき一緒に揺れてやればいい。

ツキヨの中で二度三度往来を繰り返し、男は「俺が死ねばいいのか」と訊ねてくる。

「そう、死ねば解決」

「そんなに俺は邪魔なのか」

「違う。邪魔なら邪魔の居場所があるけど、あんたにはないの。思い出すのも時間が惜しい、ただの役立たずよ」

行き暮れた男にとっての砦《とりで》がどんな美しいかたちをしているかをツキヨは知らない。お前は果てのない夢を見ているだけなのだとどんなに言ったところで、男たちは美しい思考を止めることができない。最後の最後に、母親の声を聞いてしまった万次郎も同じだ。

見上げた男の瞳から頬へ、だらだらと汚れた涙がこぼれ落ちる。涙が汚れているのではなく、男の頬が汗と埃にまみれているのだった。ツキヨの腹に落下するころにはもう、瞳から溢れるときの透明さは残っていない。

男の腹に力が入る。ツキヨはさっと腰を退《ひ》き、ティッシュペーパーを抜いた。終わったあと、男はため息も吐かなかったし礼も言わなかった。

風鈴を鳴らして店を出て行く後ろ姿にちいさく手を振った。感情と呼べるものがほとんどなくなった空洞の女にも、不思議と食欲だけは残っていた。次の食事はサンドイッチと決めたとき、ツキヨの目から理由も不明な涙がこぼれ落ちた。

りんりん食堂で聞いた、と言ってやってきた女の子たちで空室だった三部屋が埋まったのは、師走《しわす》に入って間もなくのことだった。ツキヨはときおり、りんりん食堂のパパさんに礼を包んで届けた際のやり取りを頭で繰り返す。

「あたし、こんなときに元のママに帰って来られても困るな」

ツキヨの冗談めいた本気に、パパさんは無表情で「当然だ」と言うのだった。なんとか食べられて、なんとか生きていて、食えなくなったらちゃんと死ねそうだと思うだけでほっとする。パパさんの無表情がそれを証明してくれた。

トモミのあとに一号室に入ったのは、自称二十八歳の元エステティシャンだ。ツキヨに北海道なまりがあることを最初に指摘したのも彼女だった。札幌《さっぽろ》育ちだという。ママはどこから来たのかと問われて「あんたん家《ち》の隣」と答えたのがどうしてかうけて、北海道繋がりですっかりツキヨの妹気取りだ。ただ、気前のいいところがあるおかげで面目を保っているようで、他の子たちに持ち上げられてはハンバーガーを奢ったりしている。

煙草が癖になり、食後の一服をしていたところへ風鈴が鳴った。薄暗がりの中に現れた人影は南原だった。

「よ、ツキヨちゃん。こっちに戻ったって聞いたもんだからさ」

「なにか用？」

心持ち声を大きくする。二階に戻った女の子たちが、いつもと違うツキヨの声に耳をそばだてていてくれればありがたい。

南原は色の落ちたカーキ色のTシャツにゆるいハーフパンツ姿と、ヒロキを思い出させるような服装だった。ツキヨはここで怯《ひる》んだらお終いと、顎を心持ち上げ気味にして南原を見る。

「おっかねぇ顔すんなよ」

「なにか、用、ですか」

ゆっくりと、必要のないところで言葉を刻む。南原は片頬を卑屈に持ち上げて「用ってほどじゃないけどよ」と玄関先の上がりかまちに腰を下ろした。目算二メートルは思いのほか近く、体の中心部が妙に震え始める。南原のなにくわぬ顔が余計に過去の痛みを思い出させる。くずした両脚の奥がまたしくしくと痛み出した。

「万次郎が、死んだんだ。今日はそれをお前さんに伝えに来たのさ」

「いつ死んでも仕方なさそうな男だったじゃない」

南原の口角が不機嫌な達磨《だるま》みたいに下がる。ツキヨは余計なことを言った、と悔やみながら「仕方ないよ」と語尾を曖昧にする。

「思ったよりもあっさりとしたもんだな。てことは俺がいちばん悲しんでるのかもなあ」

「いちばん悲しんでいるのは、ヒロキでしょうよ」

南原はつと表情を固め、大きな目をぐるりと回した。

「それが、ぜんぜんそんな素振りも見せないんだ。最初は死体が上がらないせいかと思ったんだけどな」

死体が上がらないとはどういうことかと訊ねた。

「少しばかり沖のほうで、穴の空いたゴムボートが見つかったんだ。観光客が港にひと晩繋いでおいたやつだ。船外機は潮目が変わるところに沈んでた。あいつだけ消えたんだ」

南原の憶測混じりの話によれば、十月の終わりが近づいた夜更け、万次郎は港からゴムボートに乗り沖へ出た。途中で船外機が外れ、更に沖へと流されたところで、吸っていた煙草がボートに穴を空けたのではないかという。

「まぁ、死体が上がったところで面倒なだけだから、見つからなくて正解だけどな」

「死んだと見せかけて生きてるかも。ヒロキの番兵は役に立たなかったね」

南原は面倒くさそうに頭を掻きながら「まったくだ」と吐き捨てた。

「ただな、万次郎も死ぬ前にいいことをひとつしてくれた」

「へぇ、なに」

不敵な笑いを浮かべて、南原が両肩を上下させた。

「あいつどうやら母親に電話入れてたらしいんだ。なにも喋《しやべ》らなかったというが、母親はそのときの無言電話が息子からだと信じてるのさ。俺がさせようと思ってたこと、ちゃんとやっといてくれた。それだけはありがたい。おかげで俺は、しばらく安泰だ。万次郎の里心のおかげだな。モナ・リザ似の母親も、これで死ぬまで希望を失わずに済むってもんだ。親孝行ってのはああいうことを言うんだな」

「へぇ、万次郎先生のお母さんってモナ・リザに似てるんだ」

南原がそう言うからには、ヒロキもそれを知っているのだ。

真夜中の海で万次郎はどんな光を見たのだろう。看取りの天使に母親の顔を刻んだことは、天使の怒りを買うことにならなかったか——

南原はせっかく来たんだから、と二階を指さした。

「いいの入ってる？」

「いるよ、若い子から年増《としま》まで。前金でよろしく」

南原はチッと舌を鳴らして「年増にするか」と一万円を上がりかまちに置いた。

「釣りはもらっとく。一号室へどうぞ」

ツキヨは二階に向かって声を張り上げる。

「一号室、お客さんだよ」

南原は階段に足をかけ、へらへらと笑った。

「いいママぶりじゃねえか。ツキヨちゃんにこんな才覚があったとはなぁ」

南原は二階からきっちり十五分で降りてくると「やっぱり女のほうがいいな」と言いながら指のにおいを嗅いだ。

「最近、ヒロキが俺にベタベタついてくるんだ。万次郎にやられてすっかり骨抜きになってたくせに、いなくなったとたんやっぱり俺がいいなんて抜かしやがる」

「へえ、ヒロキがねえ」

南原にいたぶられて傷だらけになったときのヒロキを思い出す。

へえ、ヒロキがねえ――

南原が去った上がりかまちをしばらく眺めていたツキヨの脳裏に、ちかちかと光が瞬いた。遠い星の気まぐれに似た、ほのかな光だ。

次は、南原か――

唇が自然に持ち上がる。かさついた笑いが、少しずつ湿り気を帯びてきた。

自分の背中に、惚れた男の母親が描かれていると知ったときのヒロキを想像してみる。やっと思いが通じた恋も、一か月経たずに男を看取る羽目になった。裏側で脇役を気取っていた南原を、今度は表舞台に上げたのだ。南原はいったいどんな死に方をするのだろう。ヒロキが無意識に選び取る命は、終えるとき最も輝き光る。

光まで、五分――

みんな、光までの長い五分間を歩いているのだった。光の速さで歩くことができないから、こんなものが必要になる。

ツキヨは万次郎からもらった煙草の箱を取り出し、一本に火を点ける。隙間なく煙を吸い込み息を止めた。五分とかからず光が現れそうだ。

二階から一号室の女が降りてきた。

「ママ、いいにおいさせてる。あたしにも一本ちょうだい」

「これが最後の一本なの」

「じゃあ、ひとくちでいいからちょうだい」

「あんたがここを出て行くとき、餞別代わりにひと箱用意してあげるよ」

「けち」

ぺろりと舌を出して風呂場へ消えた。ツキヨの視界にはもう、光しかない。何もかもが輝いて、ここが世界でいちばん安心できる場所だと信じられる。

だって、光ってるのはあたしじゃないか——

南原が、見たことも聞いたこともないような残忍な殺され方をする場面を想像する。最期はどの命も光る。なによりも、誰よりもヒロキが光らせてくれる。青く昏い瞳に体ごと吸い込まれて、光ったところでその輝きを終えるのだ。

風呂から出てきた自称二十八歳が、冷蔵庫から缶ビールを一本出した。テーブルに百円玉をふたつ置いて、仁王立ちしたまま一本飲み干した。

「いまのおやじ、けっこういい客だったよ。ママの知り合いなの?」

「少しね」

「また来てくれるって。ああいうあっさりしたお客さん、助かるなあ」

「へえ、あっさりしてたんだ」

「うん、びっくりするくらい普通。時間どおり、マニュアルどおりのお客さんだったよ」

ツキヨは「そりゃ良かったねえ」と鼻に皺を寄せた。光に包まれた今なら、誰のことも幸福にできる。

安いボディソープの香りが細い糸を吐きながらツキヨの体を締め付け始めた。ひと巻きごとに身動きが取れなくなってゆく。最期の瞬間の疑似体験だと気づいてしまったところで、ひどい怠さに泣きたくなった。

泣きたいほど生きていると知ったとたん、体は重たく痛みも強くなった。こんな痛みを抱えて歩くくらいなら、ずっとこの糸に巻かれ続け――ツキヨはよろけながら立ち上がった。

月のものが来たから休むという二号室の子を店番に置いて、久しぶりに通りへと出た。人だらけの通りを見ると、どこかにヒロキがいるような気がする。ツキヨはせっかく出会えた看取りの天使に、結局見放されてしまったのだった。人生で二度、死神に会えるとしたら、二度目は多少賢くなっていたい。今度は、あっさりと看取ってもらいたい。

涼しい顔をして別の島にたどり着いているかもしれない万次郎の姿を想像してみる。天使の怒りを買って、次はいったいどんな死に方をするだろう。

りんりん食堂の前を抜けて、やがてまた小路に入った。初めて歩いたときは雨だったが、今日は太陽がある。青いドア、白いドア、日が暮れるまではなにも動かない。ツキヨの肩先で虹色の蝶《ちょう》が翅《はね》を休めかけ、気が変わったのかするりと通り過ぎた。

より静かな小路へと入り、人の気配がなくなるころ「暗い日曜日」のドアが現れた。すすけた塗料の赤い色を見れば、懐かしい気持ちとわずかな期待が、胸の中でぐるぐると回り始める。ツキヨは思い切って、右にも左にも回らぬドアノブを摑み、押した。

籠もった空気がツキヨめがけて押し寄せる。暗さに目が慣れてくると、カウンターや整えていないベッド、タトゥーの機械が浮かび上がってくる。

どこにも万次郎はいなかった。ヒロキもいない。あの日背中に聞いていた雨音も、なかった。ベッドの向こうの壁に、ぼやけたコピーのモナ・リザがいた。そこだけ妙な光を放って微笑んでいる。最初からずっと、すべてを見ていたはずの慈悲深い瞳だった。ツキヨは唇の左右に力を入れて、モナ・リザに似せて微笑んでみた。誰も、ツキヨの微笑みを見ることはない。見せる相手もいない表情を顔に貼りつけて、ツキヨはしばらくのあいだ微笑み続けた。

万次郎の戻らない店はこのあと、無人だと気づいた人間が居着くことになるのか、それとも南原がまた新たな金づるを寝泊まりさせる場所となるのか。あるいは無人のまま放置されるのか。建物の運命も、ひとの命も、明日のことを想像するには自分はあまりに面倒くさがりだったことに気づいて、ツキヨは更に微笑む。顔の筋が上向きに持ち上がると、不思議と背筋も伸びるようだった。

カウンターの中に入ってみた。

始末の悪かったゴミのいくつかを、ネズミが散らかしていた。ツキヨは伏せてあったコップをひっくり返し、バーボンを注いだ。目の高さに持ち上げると、少ない明かりを集めて光り始める。ダブルより少し多めのバーボンを一気に喉へと流し込んだ。瞬く間に腹の底に落ちた酒は、ひとときツキヨの内側を焦がした。

店を出て二階への階段を上る。鍵が掛かっていて、ほっとした。戻るつもりのない場所に鍵は掛けないだろう。鍵を掛けた人間がいるということは、ここにはいつか誰かが戻って来るということだ。

ツキヨは小路に出て、来た道を戻った。

歩いているあいだ、短いなりに楽しかった日々を思い返す。ひとつひとつの場面が可笑しかった。足が十センチくらい宙に浮いていた時間だ。しばらくは、記憶を食べながら歩いてゆける。

最後の角を曲がると、カフェの軒先に巣を作った宿無しが珍しく体を起こしていた。段差に腰掛けて、傍らには安酒の瓶がある。ツキヨは彼の前で立ち止まり、向き直った。

「ここの暮らしはどう。慣れた?」

髪も肩に届こうかという長さで、革靴と皺だらけのスーツ姿だ。こうもり傘は畳まれており、衣類が入っているレジ袋の上に置かれている。髭も伸びているし、色黒なのか汚れなのかわからぬ顔に、目ばかりがぎょろりと生きものらしさを見せていた。

「ねえ、ここは居心地いい？」

「まあまあだ」

男の声に、思わず後ずさりしそうになる。まだ懐かしがるには早い、万次郎によく似た声だった。ツキヨはまじまじと彼の顔を見た。手脚も長いし骨格も違う。似ても似つかぬ男が、同じ声を出している。

「ねえあんた、どこから来たの」

「知らねぇ」

男は面倒くさそうにそっぽを向いた。

「まあ、そんなことどうでもいいけどさ」

ツキヨは財布から一万円を抜いて、男の目の前に差し出した。初めて、彼の目がはっきりとツキヨをとらえる。合った目を外さぬよう告げた。

「できるだけ上質なやつを頼むわ」

「いつまでに？」

「今すぐ。お礼にはこれをもう一枚でいい？」

男は思いのほか素早く立ち上がると、ツキヨの手から一万円札を受け取った。その仕種は予想とは違いひどく優雅だった。ツキヨの頬に、さっき覚えたばかりの微笑みが戻ってくる。男は丸まっていた背中を反らして、人差し指で足下を指した。

「ここで待ってる?」

ツキヨは首を横に振った。

「この通りの先の、『竜宮城』ってお店にいる。手に入ったらそこに届けて。店に入ってすぐのところにいるから」

「わかった」

受け取った一万円札を上着のポケットに入れて、男が歩き出した。頭を左右に揺らし、体のあちこちを庇《かば》いながら歩く男の背中は、ツキヨのことなどもう忘れているような乾き具合だ。ツキヨも背を向けて「竜宮城」へと戻る。湿った荷物は、赤いドアの向こうに置いてきた。出会いの数だけ身軽になってゆく感覚が、これからもずっと続けばいい。

店番をしていた女の子に短く礼を言った。

「三号室のおねえさんのところに馴染みさんが来てます」

「みんな元気だねえ」

「ママ、今日の晩ご飯なんにしますか」

「馴染みさんに奢ってもらいな」

顔がぱっと華やいだ。本気にしたらしい。ばぁか――くるくるとした瞳に向かって言ってみる。

ごろりと横になった。久々に歩いたせいか、体の節々から鈍い痛みが這い出てくる。仰向けになっても、横を向いても腰が痛い。

風鈴が弱々しく揺れた。ツキヨは腰を庇いながら起き上がった。

「早いね」

「近くだったから」

男は上着のポケットから丸めたこぶし大の新聞を出した。受け取り、気をつけて開く。中には賞味期限のとっくに過ぎたお茶っ葉みたいなものが入っている。

「もっと手軽なやつかと思ってた。面倒だからすぐ使えるようにしてよ」

男はテーブルの上にあった煙草を手に取った。先端の葉を小指の先ほど抜き、新聞に包まれたものと混ぜて戻した。

ツキヨは男が詰め直した煙草に火を点け、肺が膨らみきるまで吸い込んだ。さっきまでの腰の痛みがするりと体から抜け落ちる。

「やだなぁ、もう」

「悪いものじゃないはずだ」

「逆。これ気に入っちゃった」

もう一本作ってくれと頼んだ。男は同じ作業を繰り返し、目を細めてツキヨに渡した。

「喜んでもらえて良かった」

やはり声だけは万次郎にそっくりだった。理由も不明な笑いが腹の底から湧いてくる。

「あんた、ついでにここの店番になりなよ」

両腕を上下に動かすだけで体が浮きそうになる。自分のものとも思えない笑い声が部屋に満ち、男もへらへらと笑った。風呂場の棚から、誰の置き忘れかわからぬT字剃刀《かみそり》を取り、タオルと一緒に渡した。

「ちょっとこざっぱりしてさ」

ツキヨはゆらゆらと心地よい光に包まれながら、風呂場の水音を聞いた。尻の下に敷いた座布団が、今にも自分を持ち上げてどこかへ飛んで行きそうだ。

ヒロキも、猫を拾うときはこんな気分なんだろうか――

ツキヨは自分がどうしてヒロキの手で土に埋められなかったのかを考えた。あの青い目が持った宿命に従って、ヒロキはこれからいくつもの看取りをするのだろう。そしてツキヨは、死にたい男の背中を押し続ける。

いったい、いつの間にこんなことになったのか。

あいにく自分には拾った猫を看取る趣味はなさそうだ。

男が体を流す水の音が耳の奥に痛い。ツキヨは目の前の新聞紙を再び丸め、尻の下の財布とともにバッグに入れた。

裡に灯った淡い火が、ツキヨを急かした。

立ち上がり、ふらつき、どうにかサンダルに足を入れ店を出る。小路の入口で猫によく似た男とすれ違った。

――あぁ、乙姫様も本当は浦島太郎と一緒に陸にあがってみたかったんだ。

きっとそう。

まだまだ時間はある。

ツキヨは今まで通ったことのない道を選びながら歩くことにした。

光にたどり着くんだ。吸い込んだくらいで得られるまやかしに背を押され、見たことのない景色を探し歩く。光は、どこだ。

答えが出ないおかげで、安心して考えていられた。この先どれだけ考え続けようとも、答えが出ないのならば何も怖れることはないのだった。

解説

海原《うみはら》純子《じゅんこ》
（心療内科医）

読み始めた途端、いきなり別の世界に引き込まれた。湿度を含んだ風、南の島の甘いフルーツの香り、様々な声や音がまじりあって響いてくる。映像が目の前に浮かび、ああ、これが、桜木紫乃の世界だ、と思いながら一気に読み終えたらもう深夜だった。

ツキヨは北海道から沖縄に流れてくる。北海道から東京ではなく、大阪でもなく、沖縄だ。日本の最北端から一番遠い南の島にやってきたのには理由がある。それは、そこが自分を知る人がいない可能性が最も高い土地だからだろう。誰も自分を知らない場所、自分の過去を知る人がいない場所にいるのがどんなにほっとして自由な気分になれるかは幸せな人にはわからない。幸せな人は、人とつながりたいし、自分を知る人がいないことで不安になるものだ。でも自分の過去を消したい人や、自分の役割から逃れたい人、自分を縛るものを捨てたい人は、自分を知る人がいない場所だけが心を休ませてくれることを知っているのだ。その場所だけに自由と解放がある。

もう三十年以上前、自分の役割が何もない場所にいったらどんな気分になるか実験をした。アフリカの島国に一人で出かけてみたのだ。医師ではない、肩書その他何もないただ一人の女としてインターネットも電話も通じない国に、行く先々でチケットを買いながら飛行機を乗り継いで到着したとき、ここで死んでも誰も気が付いてくれないだろうな、と思った。それは仕事場からしたら、非常に無責任な旅なのだが、おそろしく自由な解放感があったのは事実だ。人が役割を持たず、どこの組織にも所属しないということは、誰にも助けてもらえないが、重荷は何もない。他者からの視線がない自分に戻れるのだ。

ツキヨが求めていたのはそうした解放感だったのではないか、そんな思いがした。たくさんの重荷や役割を背負っていたのかもしれない。過去を捨てて振り払いたい記憶から逃れるのは生まれた場所から一番遠い島、沖縄の那覇《なは》の小路《こうじ》にある「竜宮城」と呼ばれる世界しかなかったのだろう。ツキヨには健康保険証がない、つまり住民登録もしていないのだろう。税金も払わない。この世に存在していない人間になっているのだ。

しかし、そうした遠い島に来ても、過去の記憶を消すことは不可能だ。消すことの出来ない記憶は、忘れたいと思う気持ちと共に、忘れたくないという気持ちが同時に起こり葛藤を起こす。この葛藤で奥歯をかみしめるから歯が痛むのだ。さらに身体を売りながら生活するツキヨは過去の負の遺産からは逃れられない。その負の遺産とは、自分をいたわることが出来ないということだ。いたわられたことがないから、どうやったら自分をいたわることが出来るのかがわからない。自分をいたわることが出来ないから、身体の手入れが出来ない。歯が痛くなったのもその結果だった。

さてツキヨは、歯の痛みがもとで自分と同じようにこの世に存在しないことになっている人間に出会うことになる。優秀な歯科医だったが、女関係の失敗で路地裏にある「暗い日曜日」に身をひそめ、もぐりの歯科医をしている万次郎《まんじろう》と青い目をした美しい青年のヒロキだ。歯の治療で二人と出会い、何かを感じたツキヨは、「竜宮城」を出て彼らと一緒に暮らすことになる。この三人の暮らしにはおよそ生活感がない。しかしヒロキが拾ってきた子猫を含めたこの暮らしの中で、ツキヨは少しずつ自分をいたわるということやこれまで知ろうともしなかった自分の葛藤に気が付き始めるのだ。

路地裏にある「暗い日曜日」は、ツキヨの客だった南原《なんばら》という男が所有している元シヨットバーだ。南原とヒロキの関係は、義理の親子ともいえるし、性的な虐待で結びついた関係がまじりあっている。まじりあっているということでは、ここでは生と死がまじりあい、過去と未来が消えて、今この時だけが浮かび上がる。

冷静で魅力的な声をもつ元歯科医の万次郎は今は歯科医の技術を生かしてタトゥーを彫る毎日だ。ヒロキの背中にモナ・リザを彫るのはモナ・リザに母親の面影を求めているからだろう。故郷に帰り母親に会いたい気持ちの一方で、歯科医として成功する事しか人生の目標がなかった万次郎は、人生のすべてを失った思いで、残りの生のエネルギーが尽きるまで死を待って過ごすだけなのだ。タトゥーを彫るのは、死を待つ万次郎の日課なのかもしれない。

ツキヨには、心の奥に潜む葛藤がある。愛してほしかった母親への想いと、裏切られたという思いからくる母親への憎しみの葛藤、義理の父親との、ひりひりしたスリルと罪悪感のまじった中で行われた性行為の快感に対する郷愁と罪悪感の葛藤、その義父の自死に対して感情を抑圧したために引き起こされた失感情症のような状態。様々に入りまじったまま抑圧した感情を次第に心の表面にあぶりだしながらツキヨは三人での生活を続けていく。

『光まで五分』というタイトルは一体何を意味するのか。読者は疑問に思いながら読み進めていくはずだ。その疑問を解くいくつかの鍵が文章の端々にちりばめられている。作者は、そうした鍵をちりばめていく事を楽しんでいるかのように見える。

「竜宮城」は現実とは違う別世界だ。「暗い日曜日」はハンガリーで作られ、聴くものを自殺に追い込む曲としてイギリスのBBC放送が一時放送禁止にした。この曲をカバーした日本のフリージャズのサックス奏者、阿部薫は、睡眠薬の大量摂取で若くして亡くなり、元妻の作家、鈴木《すずき》いづみは首吊り自殺をしている。那覇という南の島の歓楽街の奥にあるショットバーにこんな店名をつけたのはなぜか。

自らもサックスを演奏する作者が、明るい雑踏の中に投げ込んだ「死の気配」を示しているように見える。

目に見えるものしか見ようとしない現実の世界だけに生きる南原と、目に見えない気配の世界で生きるヒロキと、彼を育てたおばあが住む「奥武島《おうじま》」も鍵のひとつだ。この島で笑う自分に気が付くツキヨだが、それはもし傷を背負わないで生きてきたらこうであろうという彼女の姿でもある。そうした自分に戻ることは出来ないことを知りながら、しかし、そうした自分に気が付くツキヨを表現しているのが、食事をしながら伸びをしたときに乾いた音を立てる背骨だ。背骨は緩むとき音を立てる。抑圧した心を少し緩めて感情と触れ合うシーンだ。奥武島は、意識下に潜みふだんは見えない別の世界の象徴でもある。天使のようだといわれるヒロキが拾ってくる猫たちは次々に死んでいくのだが、それはヒロキが死を待つ生き物を選ぶのではなく、死を待つ生き物が安心して死ねる場を求めてヒロキのもとにやってくるのだろう。ヒロキのもとにいると、死は怖れるものではなく生の延長にある自然な世界に見えてくるのだ。万次郎もそうしたひとりだ。

5分は宇宙のリズムから見た人の一生の時間なのだろうか。光に入るまでのわずかな時間をなぜ人は何かに縛られて生きているのか。そんな問いかけが聞こえてくる。

流されていくのと流れていくのは違う。自分の中に流れる生のリズムに合わせて流れていくのは自由で、それ以上必要なものは何もない。自分の中のリズムに合わせて生きるのは宇宙のリズムに合わせて生きることだ。流されるのは、外部からのエネルギーによるものだが、流れていくのは、自らのエネルギーによるものだ。使命や目的や評価や役割やそういうものではなく、自分の中に潜むエネルギーを活かす、それで何の文句があるのか。

その時、自分がそこに居たい、と思う場所で生きる。今、ここにいるのが心地よい、という場所で過ごす。自分の流れを見つけて光までの時間を過ごす自由が一番。これからツキヨはどこへ流れていくのか。自分の感情を知り葛藤に気が付き、それを受け入れた中で流れていけばそれでいい。

そんなことを思う時、ミラン・クンデラの『存在の耐えられない軽さ』の中で主人公が恋人に告げる言葉を思い出した。「使命なんて馬鹿げているよ。僕には何の使命もない。誰も使命なんてものは持ってないよ。お前が使命を持っていなくて、自由だと知って、とても気分が軽くなったよ」。

初出　「小説宝石」二〇一六年一二月号〜二〇一七年九月号
二〇一八年一二月　光文社刊

※この作品はフィクションであり、実在する人物・団体・事件などには一切関係がありません。

光文社文庫

光《ひかり》まで5分《ふん》
著者　桜《さくら》木《ぎ》紫《し》乃《の》

2021年12月20日　初版1刷発行

発行者　鈴木広和
印刷　堀内印刷
製本　ナショナル製本

発行所　株式会社　光文社
〒112-8011　東京都文京区音羽1-16-6
電話（03）5395-8149　編集部
8116　書籍販売部
8125　業務部

落丁本・乱丁本は業務部にご連絡くだされば、お取替えいたします。
ISBN978-4-334-79278-7　Printed in Japan

組版　萩原印刷

光文社文庫最新刊

光まで5分	桜木紫乃
群青の魚	福澤徹三
退職者四十七人の逆襲　プロジェクト忠臣蔵	建倉圭介
SCIS　科学犯罪捜査班V　天才科学者・最上友紀子の挑戦	中村　啓《ひらく》
ちびねこ亭の思い出ごはん　ちょびひげ猫とコロッケパン	高橋由太
天職にします！	上野　歩

光文社文庫最新刊